Judith Leopold

ZU HAUSE GEBOREN

BAND 2

Noch unglaublichere Erlebnisse der Hebamme Margarete

edition
riedenburg

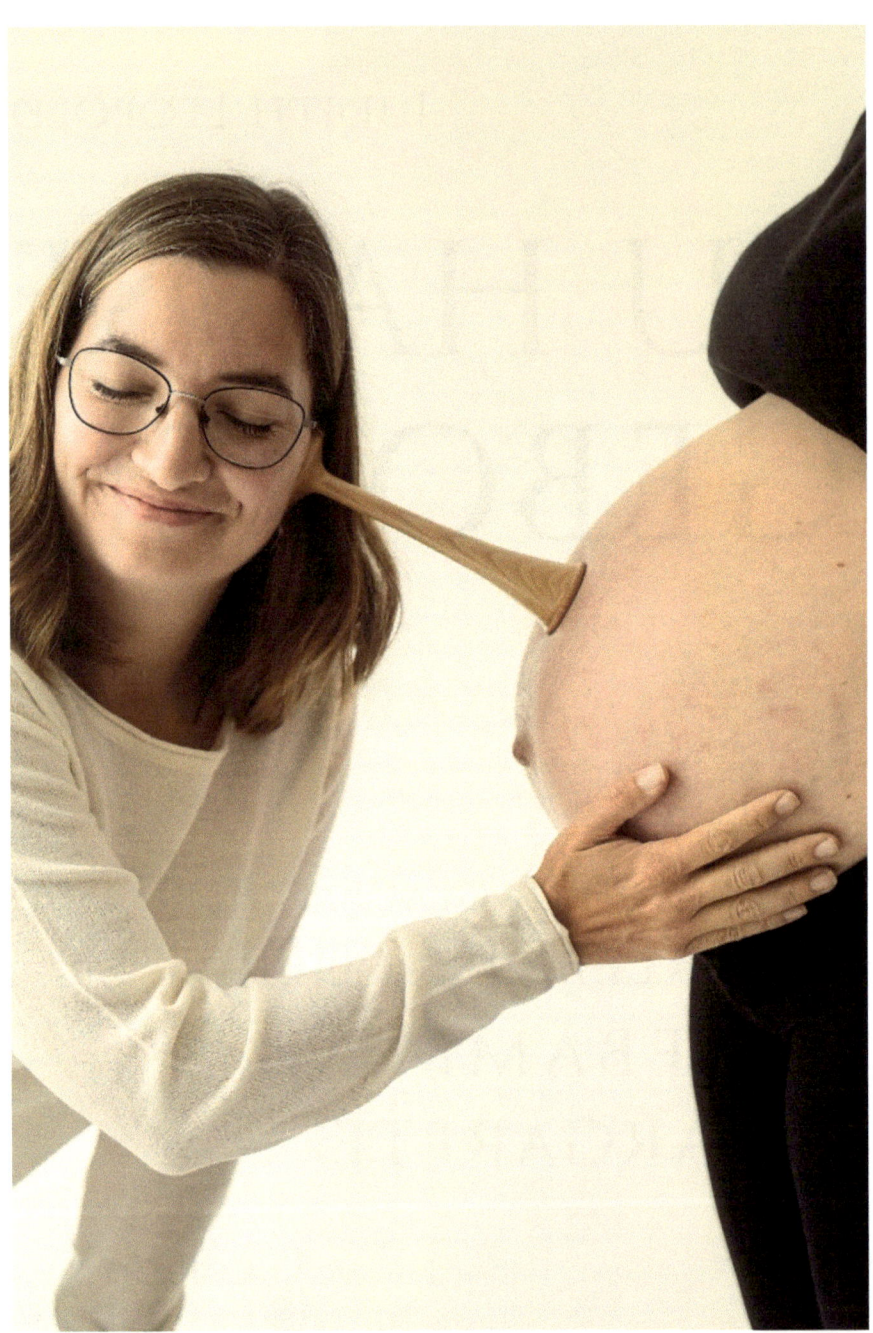

Für meinen Mann Bobby, der seit vielen Jahren an alles glaubt, was ich mache: unsere eigenen Kinder kriegen, Bücher schreiben oder Handstand üben, und dabei weiß, wie er mich anfeuern soll. Danke.

Für R. Kollege. Freund. Partner in Popcultural-Crime. Lieber Geburtstagszwilling meiner Tochter. Du bist schon ein Stück vorausgegangen. Du fehlst. Zu oft. Grüß mir die anderen, die auch fehlen.

JUDITH

Für euch Frauen. Für euch Mütter, die ihr eure Kinder an den Händen haltet oder im Herzen tragt. Wir Hebammen sehen euch. Wir sind da.

MARGARETE

Bibliografische Information der Deutschen Nationalbibliothek:
Die Deutsche Nationalbibliothek verzeichnet diese Publikation in der Deutschen
Nationalbibliografie; detaillierte bibliografische Daten sind im Internet über
http://dnb.d-nb.de abrufbar.

1. Auflage	März 2021
© 2021	edition riedenburg
Verlagsanschrift	Anton-Hochmuth-Straße 8, 5020 Salzburg, Österreich
Internet	www.editionriedenburg.at
E-Mail	verlag@editionriedenburg.at
Lektorat	Dr. Heike Wolter, Obertraubling

Bildnachweis — Frontcover: Collage mit Margarete © Anna Cordes annacordes.at,
Wiener Skyline-Silhouette © pixelliebe/Shutterstock.com; Wien,
Österreich Karte © JosepPerianes/Shutterstock.com; Babybe-
kleidung und weißer Spielzeugbär auf der Wäscheleine © Daria
Medvedeva/Shutterstock.com
Fotos im Buchblock: S. 2, S. 7, S. 119 oben, S. 155 © Manuguerra
Fotographie manuguerra.at; S. 13 oben, S. 23 oben, S. 33 unten, S.
43 oben, S. 61, S. 109 unten, S. 127, S. 135 oben © Margarete Wana
S. 13 unten, S. 23 unten, S. 33 oben, S. 43 unten, S. 75 oben, S. 85
oben, S. 95, S. 109 oben, S. 135 oben, S. 145 oben, S. 159 © Pautzi
Photographie; S. 55 © hebamme-karinbreuer.at; S. 75 unten © Anna
Cordes annacordes.at; S. 85 unten © Angela Harand bauchkunst.at;
S. 119 unten © Maximiliane S; S. 145 unten © Nicole Mödritscher,
Affirmationskarten

Satz und Layout	edition riedenburg
Herstellung	Books on Demand GmbH

ISBN 978-3-99082-074-2

Inhalt

Vorwort   7

Die Geschichten

Michaela   13

Clara Luna   23

Ingrid   33

Brigitte und Seline   43

Alma   55

Z.   61

Lauren   75

Kirsten   85

Ira   95

Rita   109

Rosalie   119

Fritz   127

Christiana und Sharon   135

Sarah   145

Nachwort   155

Glossar   159

Vorwort

Margarete mit Mund-Nasen-Schutz und ihrem wichtigsten Werkzeug als Hebamme: dem hölzernen Hörrohr.

„N. ist da und so süß! Die Geburt war anstrengend, ich hab viel ge-
weint, als sie mich aufgeschnitten haben. Jetzt bin ich erschöpft und
warte, dass es Morgen wird und ich meine Tochter endlich kennenler-
nen kann. Ich darf sie nicht bei mir haben in der Nacht. Wegen der
starken Schmerzmittel, die ich während und nach der Operation, die
ich lieber nicht gehabt hätte, bekommen habe."

Das SMS, das die Mutter nach der Geburt ihrer Tochter gerne geschrieben hätte. Roh, ehrlich, ein bisschen enttäuscht. Stattdessen aber hat
sie dieses geschickt:

„N. ist da und so süß. Sie wurde mit 3160 Gramm und 51 cm geboren
und Mama und Papa sind überglücklich."

Geschichten zu veröffentlichen – in Buchform oder als Kurznachricht –,
die sich um das persönlichste, intimste Erlebnis im Leben von uns Menschen drehen, um die Geburt – das birgt ein gewisses Risiko. Es macht
angreifbar, verletzlich. Zu leicht lassen sich Empfindungen und Entschei-
dungen anderer abtun. Stichwort: Mom-Bashing.

„Also, ich hätte ..." oder „Sei froh, dass ..." sind Sätze, die einer (frisch
gewordenen) Mutter ganz schön weh tun können. Sie laden Schuld auf
die Schultern. Oder sie suggerieren Undankbarkeit, wenn das Kind doch
gesund und „nur" die Geburt nicht ideal verlaufen ist. Dabei, hey, lasst uns
ehrlich sein: Wir alle haben eine Meinung zu allem in unserem Leben. Es
stört uns, wenn das Essen zu spät serviert wird im Restaurant, wenn der
Lack nach einer Pediküre gleich splittert, wenn der Postbote nicht geklingelt
hat, obwohl wir den ganzen Tag zu Hause waren ...

Es ist in Ordnung, die Geburt des eigenen Kindes schwierig zu empfinden, damit zu hadern, wie sie gelaufen ist. Frau ist trotzdem dankbar für
ein gesundes, kleines Wesen. Na no na ned. Und für die Nicht-Wiener: Klar
ist sie dankbar, was glaubst du denn? Dieses Erwachsensein-Dings ist nur
äußerst vielfältig. Auch von den Emotionen her.

Seit der erste Band von „Zu Hause geboren" erschienen ist, hat sich
einiges getan. Viele Frauen sind auf mich zugekommen, bei Lesungen oder
Veranstaltungen, und haben mir ihre persönlichen Geburtsgeschichten an-
vertraut. Manche haben dabei fröhlich gelacht, gemeint, es sei bei ihnen zu
Hause genauso gut geflutscht. Einige sagten, dass sie sich in der einen oder

anderen Frau wiedererkannt haben. Manch eine Protagonistin durfte ich auch kennenlernen.

> *„Hi, ich bin die F., du hast mir aber den Namen Hilde gegeben. Cool, wie du die Szene auf dem Pferd eingefangen hast, so geht sie niemals verloren. Und das ist das kleine Wuzzi. Gar nicht mehr so klein, sie ist ja schon fünf. Und hier die jüngeren Geschwister."*

Sehr gefreut habe ich mich auch über das Feedback zweier Ärzte, die das Buch wichtig und stimmig fanden:

> *„Es wird zu oft vergessen, was die Hebammen alles leisten und ja, sie sind nun einmal die Expertinnen für die Geburt, neben den Gebärenden, nicht wir ..."*

Eine Freundin von mir, die ihre Tochter glücklich im Spital bekommen hat, sagte mir gerührt, wenn sie ein weiteres Kind bekäme, dann zu Hause. Nur zu Hause. Andere dachten ähnlich. Manche fanden es einfach spannend, etwas über Hausgeburten erfahren zu haben, von denen sie davor wenig wussten. Die Aussage einer Kinderinstitutsleiterin, in deren Bibliothek das Buch in guter Gesellschaft zu finden ist, hat mich gefreut:

> *„Jeder greift es an, schaut es sich an. Wenn sie dann merken, worum es geht, sind die Reaktionen ganz unterschiedlich. Es ist definitiv das Buch mit den meisten Meinungen."*

Bei meiner ersten Lesung, die in einem wunderschönen Wiener Innenhof im achten Bezirk stattfand und bei der Freunde, Interessierte, Familie und meine Kinder dabei waren, begegnete mir eine besondere Frau. Sie hatte mein Buch in der Hand, blätterte darin. Wir kamen ins Gespräch. Sie meinte, das Thema würde sie sehr interessieren. Doch dann stockte sie, redete nur zögerlich weiter. Ein schönes Buch sei das, ein berührendes Thema, aber ... Es sei einfach komplett anders als ihre Geburtserlebnisse. Minutenlang schilderte sie mir, wie wenig freudvoll zuerst und dann richtig schief alles gelaufen war, als sie zuerst ihren Sohn und dann ihre Tochter gebar.

Ich dachte mir, was ich mir immer denke, wenn ich solche Geschichten höre, an denen am Anfang große Erwartungen stehen und am Ende eine

Frau zerbrochen ist: So ein Scheiß. Meinen Blick interpretierend meinte sie zu mir: „Nein, alles okay. Wenn es auch solche Geschichten gibt, dann ist es in Ordnung. Auch wenn ich traurig bin, das selbst nicht erleben zu können." Sie finde es schön, dass sie in uns stecke, diese Urkraft des Gebärens, in uns Frauen.

Dem kann ich mich nur anschließen: Es ist schön, was da in uns steckt, in uns Müttern und Vätern, die wir mit der Geburt unserer Kinder plötzlich zu Eltern werden und von da an alles versuchen, uns ein schönes Leben mit unseren Kindern zu träumen, es täglich zu gestalten und manchmal kläglich scheitern, oft genervt sind von der Unvollkommenheit der Realität und Jahre später schließlich doch verträumt auf die Vergangenheit schauen. Sie ist schon verrückt, diese Achterbahnfahrt, die sich Leben nennt.

Es freut mich, dass der erste Teil von „Zu Hause geboren" ganz unterschiedliche Menschen begeistert hat: meine liebe Friseurin, die sicherlich auch genug Geschichten erzählen könnte, homosexuelle Single-Männer, die ich nun zu meinem liebsten Fanclub zählen darf, oder einen Ex-Freund, der nach der Lektüre mit tränenerstickter Stimme mitteilte, dass er nun viel besser verstehen könne, was in seiner Frau während ihrer Schwangerschaft vorging.

Im vorliegenden zweiten Band von „Zu Hause geboren" dreht sich wieder alles um Hausgeburten, eh klar. Neben skurrilen Umständen unterschiedlichster Geburten – Stichwort „Corona" und Maskenpflicht – hat es sich dieses Mal ergeben, über ein paar Tabuthemen zu schreiben: Eine junge Schwangere mit Genitalverstümmelung bekommt mit Margarete ein Kind, die Hebamme wird bei einem geplanten Schwangerschaftsabbruch um Rat gefragt und bei Fehlgeburten steht sie ihren Frauen ebenso zur Seite. Eine gewollte, gesunde Schwangerschaft mit einem Kind, das fit auf die Welt kommt, mag das Ideal in unserer Gesellschaft sein. Es ist glücklicherweise auch der Normalfall, aber doch nur eine Facette von einem besonderen Geschehen, das auch ganz anders sein kann als ideal.

Vor dem Bashen nicht vergessen: Was wir heute verurteilen, kann schon bald unsere Geschichte oder jene unserer besten Freundin sein.

In diesem Sinne: Happy, aber besonders achtsames Birthing allerseits!

JUDITH

Zu Hause geboren zu werden ist heute nicht mehr Standard. Nur noch 1,8 Prozent aller Geburten finden in Österreich in den eigenen vier Wänden statt. Doch es sind genug für mich und meine Kolleginnen, um regelmäßig Monate im Vorhinein ausgebucht zu sein.

Viele meiner Frauen (so nenne ich sie, weil „Klientinnen" nach Geschäftsmodell klingt und „Patientinnen" nach Arzt, wobei das Wort an sich ja von „Geduld" kommt, lat. ‚patientia', also hervorragend für die Geburtshilfe passen würde) melden sich schon ganz früh in der Schwangerschaft an, oft haben sie gerade einen positiven Test in den Händen. Frauen sehr früh schon begleiten zu können, ist einer der großen Vorteile in der Hausgeburtshilfe und auch ein großes Privileg. Wir lernen uns zeitig kennen, können beispielsweise über Fluch und Segen pränataldiagnostischer Untersuchungen von Nackenfaltenmessung bis Organultraschall sprechen – es ist für alles Zeit, was Platz braucht.

Und doch gibt es immer wieder Überraschungen: Manche ganz kurzfristig Entschlossene, die nach einem Geburtsvorbereitungskurs oder einem Vortrag plötzlich spüren, dass sie sich im Krankenhaus doch nicht so sicher fühlen, wie sie anfangs gedacht haben.

Oder es kommt zu einem Lockdown aufgrund eines Virus, der von heute auf morgen ein ganzes Land lahmlegt. Niemand kennt sich genau aus, zu Beginn sind die Auflagen in den Krankenhäusern hinsichtlich der Begleitpersonen und Besucher sehr streng. Vielerorts dürfen die Väter nicht mit ins Kreißzimmer und auf der Wochenbettstation sind sie nur 30 Minuten pro Tag willkommen.

Diese Umstände ließen die Nachfrage nach Hausgeburten und ambulanten Geburten in die Höhe schnellen. Nur wie sollten wir Hebammen diese Frauen auffangen? Wir hatten selbst unsere Kinder im „Homeschooling" zu Hause, „Homeoffice" ist in der Geburtshilfe nicht so einfach. Oder doch? Wie war das nochmal mit der Geburt via Skype?

Also musste ich mich umorganisieren: Hausbesuche, die nicht unbedingt meine körperliche Anwesenheit erforderten, hielt ich „telemedizinisch" ab, also via Videochat. Zunächst dachte ich, die Qualität meiner Arbeit würde massiv darunter leiden, aber dem war nicht so. Ich stattete meine Frauen mit selbstgenähten Babywaagen aus und zeigte ihnen ganz genau, wie sie selbst die Rückbildung kontrollieren konnten und auf was zu achten sei. Wir „trafen" uns täglich im Videochat. Zu Geburten kam ich natürlich immer noch persönlich.

Insgesamt: Es wurden nur noch dringend notwendige Untersuchungen gemacht. Keine Organscreenings, wenn es keine Risikofaktoren für Fehlbildungen gab. Keine „Gewichtsschätzungen", die eh nicht viel aussagen. Die großen Geschwister waren nun fast immer bei den Geburten dabei, wenn sie nicht gerade schliefen. Nicht einmal Mutter-Kind-Pass-Untersuchungen fanden statt, wenn die Frau gesund war. Mit den Ärzten konnte man schließlich telefonisch Rücksprache halten, wenn es Grund zur Besorgnis gab. Besucher in der Wochenbettzeit kamen auch keine, man sollte die Großeltern, neuerdings Risikogruppe, ja fernhalten von den Kindern. Die Wochenbettzeit verlief für die meisten insgesamt sehr entspannt. Stillprobleme gab es kaum, die Babys nahmen gut zu. Alle Amtswege konnten online erledigt werden. Die Väter waren geforderter, aber das tat vielen Paarbeziehungen ganz gut.

Und ich? Nun ja, die Straßen Wiens waren leer, ich war überall in kürzester Zeit und brauchte mein Blaulicht fast gar nicht zu verwenden. Ich bin sicher, eines Tages werden wir auf diese verrückte Zeit zurückblicken und neben den ganzen Einschränkungen und Verschlechterungen auch die positiven Seiten sehen. Ich spüre sie schon jetzt. Und erste Studien stützen meine Intuition: Es zeigt sich ein signifikanter Rückgang an Frühgeburten, deren Hauptrisikofaktor Alltagsstress ist. – „Erstaunlich", sagen die einen; „eh klar", meinen die anderen.

Wie bei den Geburten. „Erstaunlich" ist es für die einen. Das sind diejenigen, die es kaum fassen können, ihr Kind alleine, aus eigener Kraft, ohne medikamentöse Hilfe zur Welt gebracht zu haben, gerade dann, wenn vorangegangene Geburten ganz anders verliefen. „Eh klar" ist es für andere, die schon drei oder vier Kinder zuvor zu Hause geboren haben und kaum mehr einen Gedanken daran verschwenden, dass Geburt nicht wieder gut gehen könnte, sondern sich höchstens fragen, ob diesmal die Hebamme rechtzeitig da sein würde.

Die folgenden Geschichten sind lebendige Dokumente meiner alltäglichen Arbeit – und bin dankbar, dass Judith sie behutsam so umgestaltet hat, dass aus meinen sprudelnden Erinnerungen glasklare Erzählungen geboren wurden.

MARGARETE

MICHAELA

Als Hausgeburtshebamme unterbreche ich im
Notfall schon mal meinen Urlaub. Aber nicht, ohne
nochmal die Zehen ins Wasser zu stecken.

Die Sommerferien waren erst zwei Tage alt und ich mit meinem Sohn Archie am Weg ins Burgenland. Wir hatten alle Lieblingsbadehosen eingepackt, quietschbunte Aufblastiere, Bücher sowieso und mein alter Strohhut befand sich schon seit dem Morgen genau dort, wo er hingehörte – auf meinem Kopf. Wie schön das Leben war! Sonnig leicht und nach prallreifen Beeren duftend. Neben mir am Beifahrersitz lag der Schlüssel für das Häuschen am See. Vorfreude machte sich breit und der Gedanke daran, wie ich meine Zehen in das kühle, glitzernde Wasser tauchen würden.

Wir hatten ein paar Fenster offen, Archie und ich tuckerten über die Landstraße nach Süden, dazu lief unser liebster Sommermix, eine alte, bisschen zerkratzte CD mit fetzigen Liedern aus den 50er und 60er Jahren. Ein paar witzige Deutsch-Schlager wie „Heißer Sand" oder „Santo Domingo" und viele Rock'n'Roll Nummern von „Johnny B. Goode" bis „Twist Again". Fabelhaft, einfach fabelhaft fühlte ich mich. Auch Archie war bester Laune, summte einige Lieder mit, als mein Telefon läutete.

„Mama, ich geh' ran, ich kann antworten", tönte es von hinten und schon nahm mein Sohn den Anruf an. Er meldete sich: „Hier ist das Telefon von der Hebamme, die Babys auffängt. Ich bin aber der Sohn. Hallo!?"

Über seine Formulierung musste ich schmunzeln, fand sie jedoch sehr passend. Sehr oft purzelt ein Neugeborenes in meine Hände, nur manchmal schwimmt es mir entgegen.

„Wer ist es denn?", fragte ich neugierig, doch Archie schien mir gar nicht zuzuhören. Er plauderte beschäftigt, antwortete seiner Gesprächspartnerin, stellte selber Fragen. Dann legte er auf.

„Mama, das ist eine Frau, die wird bald Mama. Also, sie ist in der 35. Woche und du sollst ihr helfen. Ich hab ihr gesagt, du fährst gerade und sie wird dich nochmal anrufen. Das hat sie gesagt."

Archie als kleiner Privatsekretär? Perfekt!

Keine zwei Stunden später war für den nächsten Dienstag ein Termin mit Michaela, der werdenden Mama, ausgemacht. Die Frau hatte ursprünglich einen anderen Plan verfolgt, wollte mit der ortsansässigen Hebamme gebären, doch diese hatte sich das Bein gebrochen, musste einen Liegegips tragen und konnte daher keine Geburten begleiten. Zufall oder Wink des Schicksals – Michaela wohnte nur knapp zehn Minuten vom Ferienhäuschen entfernt; einer der Gründe, weshalb ich beschloss, ihre Betreuung zu übernehmen. Archie und ich hatten geplant, mehrere Wochen im Burgenland zu verbringen.

Als ich mich am Tag unseres Termins Michaelas Haus näherte, sah ich schon von weitem eine junge, drahtige Frau bei der Gartenarbeit. Als sie sich zur Seite drehte, konnte ich einen großen, schönen Babybauch erkennen.

„Hallo, du musst die Margarete sein", begrüßte sie mich freundlich und bedeutete mir, den Garten durch eine Lücke im Zaun zu betreten.

„Schön hier, tolle Blumen hast du!", stellte ich fest.

Der ganze Garten war eine bunte, duftende Pracht, in der sich Insekten, Bienen und besonders viele Schmetterlinge tummelten. Wir setzten uns auf eine Picknickdecke im Schatten einer Trauerweide und Michaela begann, von sich und ihrer Schwangerschaft zu erzählen. Sie wirkte dabei sehr geerdet, gut informiert und klar in ihren Formulierungen und Wünschen für die Geburt.

Als sie den Vater ihres Kindes erwähnte, geriet sie ins Stocken. Mehr, als dass er die Neuigkeit mit der Schwangerschaft nicht so gut aufgenommen habe und erst einmal für Wochen abgehauen sei, brachte sie mir gegenüber im ersten Moment nicht heraus. Später, zum Abschied, meinte sie dann aber völlig überzeugt, er käme zurück, wenn es für ihn passen würde. Und er so weit sei, Vater zu sein. Ihre Augen funkelten bei diesem Gedanken freudig. Still wünschte ich ihr dafür das Beste. Jedoch kannte ich Väter und auch Mütter, die für die Elternschaft nie bereit geworden sind.

Michaela und ich hatten ausgemacht, uns bis zur Geburt zwei Mal pro Woche bei ihr zu treffen, damit ich sie, ihren Körper und das Baby auch in der kurzen Zeit, die noch bis zum Ende der Schwangerschaft verblieb, gut genug kennenlernen konnte. In Absprache mit Michaela stattete ich Hebamme Rosi, der ursprünglichen Wahl der jungen Frau, einen Besuch ab, um mit ihr über die ersten Schwangerschaftsmonate meiner Frau zu reden. Bei Rosi zu Hause war es sehr nett, sie hatte sich ein Wohnzimmer mitten in ihrem beeindruckend grünen Garten eingerichtet. Das Burgenland liegt wirklich auf der Sonnenseite Österreichs, dachte ich mir einmal mehr.

„Wenn ich mit dem Gips aus dem Haus in den Garten raushoppele, muss ich mich danach erst einmal eine Stunde ordentlich ausruhen … Jaja, ich weiß eh, mit Liegegips soll ich nur liegen. Wenn schon, dann halt lieber im Freien."

Manchmal, erklärte mir die Frau mit den langen silberglänzenden Haaren, als sie genüsslich an einer selbstgedrehten Zigarette oder Ähnlichem zog, würde sie auch die Nacht draußen verbringen, unter den Sternen. Und zum Rauchen meinte sie: „Das Einzige, das irgendwie gegen diesen engen Gips hilft im Sommer ... Der ist so eng, da juckt alles darunter, kaum zum Aushalten."

Rosi schilderte mir, dass Michaelas Schwangerschaft von Anfang an unauffällig gewesen sei. „Aber nicht amal nix war da komisch. Nicht wie im Lehrbuch, nein, wie im Bilderbuch ist das bis jetzt verlaufen!"

Da es nichts mehr über Michaela zu besprechen gab, redeten wir noch über allgemeine Hebammen-Themen wie: „Wann hast du die letzte Beckenendlagengeburt gehabt?" oder „Wieso bist du nicht Krankenschwester geblieben, sondern Hebamme geworden?" Ich fand es schön, mit Rosi zu plaudern, dieser erfahrenen Geburtshelferin. Ihre Ansichten waren meinen sehr ähnlich. Immer wieder schauten wir meinem Sohn Archie beim Spielen und Entdecken und auf einen Baum Kraxeln in Rosis Garten zu.

Als ich das nächste Mal bei Michaela einen Hausbesuch machte, hatte sie schöne Neuigkeiten. Der Vater ihres Kindes sei ganz zart mit ihr in Kontakt getreten, er hatte ihr eine Postkarte geschrieben. Derzeit halte er sich in seinem Heimatort in Tirol auf und würde einen Freund, der, wie er, Tischler sei, bei einigen Projekten unterstützen.

„Ganz sicher war ich mir, dass das nicht vorbei ist mit ihm. Es wird gut, was auch passiert, es wird passen und gut sein."

Michaela seufzte erleichtert und es war, als könnte ich den Stein hören, der ihr vom Herzen gefallen war. Ich freute mich über ihre Zuversicht und gute Laune. Dann untersuchte ich die werdende Mutter mit meinem Hörrohr und wir plauderten noch ein wenig. Da wusste ich noch nicht, dass es mein letzter Hausbesuch bei Michaela sein sollte, bevor ihr Baby auf die Welt kommen würde ...

Eine Woche später läutete am Vormittag mein Handy. Es war Michaela, die sich irgendwie anders anhörte. Sie redete ein bisschen schneller als sonst und was sie sagte, war ein bisschen unzusammenhängend. Das fiel ihr selbst auf im Laufe des Gesprächs, sie konnte sich und mir aber nicht erklären, woher die Unruhe kam. Einem Gefühl folgend bot ich ihr an, in der nächsten Stunde bei ihr vorbeizuschauen. Ich verabschiedete mich von Archie und meiner Freundin Annie, die übers Wochenende mit ihren Kindern gekommen war, steckte meine Füße noch einen Moment in das erfrischende Wasser des Sees und machte mich auf den Weg.

Bei Michaela angekommen, fand ich sie auf der Terrasse, an einem großen Ball hängend, hin und her schaukelnd. Sie erblickte mich und lächelte: „Margarete, ich steh nicht auf, um dich zu begrüßen, okay?" Um sie herum waren einige Utensilien zur Entspannung ausgebreitet, darunter ein Rebozo-Tuch und Faszienrollen. Michaela war von Beruf Physiotherapeutin und meinte, sie habe alles bereitgelegt, was sie finden konnte, weil sie sich wohl einen Nerv eingeklemmt habe. Sie spüre ein leichtes Ziehen. Als sie mir sagte, dass dieses Gefühl schon mehrere Stunden andauerte und sich gesteigert hatte, fragte ich sie, ob ich sie vaginal untersuchen dürfte.

Ich staunte nicht schlecht, als ich merkte: Der Muttermund war schon verstrichen! Und kaum hatte ich Michaela das mitgeteilt, platzte ihre Blase und sie begann instinktiv und rhythmisch mit dem Schieben nach unten. Ich war keine Stunde bei ihr, da hielt sie schon ihre kleine Tochter in den Armen.

„Das war's schon?", sah mich die frisch gebackene Mama erstaunt und überglücklich, aber fragend an.

„Nun ja, manchmal geht's schnell", entgegnete ich und fügte hinzu, dass Geburten genau so individuell wie die dazugehörigen Mamas und Babys sind.

Die kleine Katharina war ein bisschen zu früh auf die Welt gekommen. Bei der ersten Untersuchung war aber alles in bester Ordnung, das Gewicht und die Größe der Kleinen durchschnittlich, die Gesichtsfarbe rosig. Zusammen riefen wir Hebamme Rosi an, die sich mit uns über die Geburt der neuen Erdenbürgerin freute. Ich wartete, bis die Schwester von Michaela kam, und verabschiedete mich.

Am nächsten Tag kam ich zum Hausbesuch und Michaela verkündete mir freudig, dass der Vater der Kleinen bald zurückkehren wolle.

„Er hatte Tränen in den Augen, als er seine Tochter im Videochat gesehen hat ... und wie sie dann geweint hat, da ist ihm das Wasser nur so über die Wangen geplatzt."

Zwei Wochen müsse er noch arbeiten, dann sei er bei seiner Familie. Ich besuchte Michaela und Katharina die nächsten 14 Tage, beide kamen wunderbar miteinander zurecht. Michaela fasste es einmal zusammen: „Als wäre Katharina schon immer dagewesen!"

Manchmal war Archie mit dabei, dem es sichtlich gefiel, mein Assistent zu sein. Den Papa von Katharina sollte ich vorerst nicht kennenlernen.

Genau ein Jahr später, mitten in den Ferien, brausten Archie und ich wieder ins Burgenland. Ich hatte gerade die Lieblingssommerhit-CD eingelegt, da brummte mein Handy. Archie ging ran, anscheinend fragte ihn die Person am anderen Ende der Leitung, ob er sich an sie erinnern könne. Mein Sohn sagte überschwänglich: „Ja, klar! Du warst meine erste Klientin als Privatsekretärin meiner Hebammen-Mami. Du bist die mit dem süßen Baby, das keine Haare hatte, aber immer viele verschiedene Hauben auf!" Da wusste ich, mit wem er sprach.

Am Ziel angekommen, rief ich sie zurück. Sie hatte frohe Neuigkeiten für mich, es sprudelte aus ihr heraus, sie erwartete ihr zweites Kind. Wieder war es knapp, wieder hatte sich Rosi etwas gebrochen – dieses Mal zwei Finger. Was für ein Déjà-vu!

Wir verabredeten einen ersten Hausbesuch. Katharina kam mir dabei schon über die Wiese entgegengestolpert. Groß war die Kleine geworden und noch immer ohne Haare am Kopf. Michaela wirkte sehr entspannt in Hinblick auf die in den nächsten Wochen bevorstehende Geburt. Ich wollte schon aufbrechen, da schnitt sie zögerlich noch ein Thema an:

„Er ist wieder weg. Ein zweites wollt' er nicht unbedingt jetzt, oder überhaupt, obwohl, mit der Kat ist er so lieb, er macht echt alles für sie. Aber jetzt ist er wieder weg."

Eine ganze Weile blieb ich noch mit ihr unter der schönen Weide im Schatten sitzen und wir redeten über das Leben und die Liebe. Wie beides manchmal nicht zusammenpassen kann ... oder will. Währenddessen schauten wir Katharina beim Spielen zu. Michaela griff auf, was ich mir dabei dachte: „Es geht immer weiter. Man muss sich nur die Kinder ansehen. Auch dieses Mal. Er wird wieder zurückkommen, ich weiß es."

14 Tage danach war die kleine Karin auch schon da. Dieses Mal hatte ich die Geburt verpasst, weil sie noch schneller vonstattengegangen war als beim ersten Mal. Ich war sehr verwundert, immerhin hatte die Schwangere am Telefon nur gemeint, sie sei ein bisschen unruhig und dass ich gegen Abend vorbeischauen solle. Einem inneren Instinkt folgend hatte ich mich aber gleich auf den Weg gemacht und die Mama mit Baby auf dem Arm vorgefunden. Michaela kniete auf einer wasserfesten Unterlage und sah selbst erstaunt aus.

„Margarete, ich spür' meine Wehen nicht! Das ist doch komisch! Ich merk' immer nur, dass ich nervös werde. Bisschen zieht es vielleicht. Und dann, es ist noch keine halbe Stunde her, hab' ich mir diese Unterlage aus der Kommode rausgenommen, ich weiß nicht einmal, wieso ... bin auf die Knie gegangen und ... Schau, da ist sie, bitte untersuch' sie, ob es ihr gut geht, das war schon schnell für die kleine Karin!"

Dem Baby ging es bestens, es hatte die gleichen Maße wie die große Schwester, die seit zwei Tagen bei ihren Großeltern im Nachbarort Urlaub machte. Hausbesuche machte ich noch für die nächsten zehn Tage, danach empfand es Michaela nicht mehr als nötig.

Zum Abschied verkündete sie mir laut und strahlend: „Er hat sich gemeldet. Morgen kommt er nach Hause."

Ich wusste sofort, wen sie meinte. Wir umarmten einander und ich wünschte ihr alles Gute. In Gedanken meinte ich diesen Ausspruch besonders in Hinsicht auf die verzwickte Situation mit ihrem Liebsten.

Die Monate vergingen. Michaela meldete sich wieder bei mir, sie erwartete das dritte Kind. Dieses Mal konnte ich sie nicht betreuen, denn ich war schwanger und mein Kind sollte etwa zur gleichen Zeit auf die Welt kommen. Michaela bekam ihre dritte Tochter mit Rosi – jedenfalls fast, denn auch sie, die ortsansässige Hebamme, die zu Fuß nur fünf Minuten von der Schwangeren entfernt wohnte, kam zu spät. Wieder seien ihr die Wehen nicht aufgefallen, schilderte Michaela die Geburt später in einem Telefonat mit mir.

„Gut nur, dass ich die Unruhe wenigstens spüre. Da kann ich dann nicht stillsitzen, gehe herum und zieh' mir dann eine Unterlage aus der Kommode, wenn es so weit ist. Irgendwas stimmt doch nicht mit mir", meinte sie lachend und nach drei Geburten nicht mehr so ernst. Auch nach diesem dritten Kind, Töchterchen Kim mit den vielen Löckchen am Kopf und den strahlend blauen Augen, kehrte der Vater zu seiner Familie zurück.

Ein viertes Kind sollten die beiden auch noch bekommen. Michaela erfuhr die Neuigkeiten, als sie zur Kontrolle der neu gesetzten Spirale beim Frauenarzt vorstellig wurde. Statt einer Spirale gab es ein weiteres Baby für die athletische Frau, die leicht geschockt war von dieser Tatsache, aber sich bald darauf schon sehr über den Familienzuwachs freute.

Dieses Mal schafften es weder Rosi noch ich rechtzeitig. Aber dafür hatte sie die Unterstützung ihrer ganzen Familie: Kat brachte ihrer Mama Wasser, als diese sich plötzlich schwindelig fühlte. Karin sagte dem im Garten werkenden Papa Bescheid, irgendetwas sei mit Mama komisch. Und die kleine Kim wich nicht von ihrer Seite. Mit dem Fläschchen im Mund hielt sie die Haare ihrer Mutter fest. Der Vater kam gerade noch rechtzeitig dazu, um seine vierte Tochter aufzufangen. Sanft glitt Karla in seine Hände. Die Kinder freuten sich über die Neue im Team, Michaela war tief berührt, wie fürsorglich sie ihren Partner bei dieser Geburt kennenlernen durfte.

Ich stieß am nächsten Morgen zur Familie, Hebamme Rosi war mittlerweile in Pension und hatte nur kurz in Karlas ersten Lebensstunden bei der Familie nach dem Rechten gesehen. Zum Hausbesuch nahm ich dieses Mal eine Hebammenstudentin, Helen, mit. Schon als wir den Garten betraten, sah ich nicht nur, dass Papa Ben dieses Mal anwesend war, sondern auch, dass Helen und er sich kannten. Sie tauschten überraschte Blicke aus, und Freundlichkeiten. Am Abend erzählte mir Helen die Geschichte, die sie mit Ben verband:

Ihre Nichte Emma schleppte vor einigen Jahren, als Helen mit ihr und ihrer Schwester zusammen in einer WG wohnte, den fiesesten aller Magen-Darm-Infekte an. Zuerst ging es dem kleinen Mädchen nicht gut, mit Fieber und all den Auswüchsen, die solch ein Zustand mit sich bringt. Dann erwischte es auch sie und ihre Schwester. Während die Kleine viel schlief, war Helen nach kurzer Zeit wieder halbwegs fit, doch war wegen der Ansteckung noch nicht daran zu denken, gleich wieder arbeiten zu gehen.

So hatte sie in den paar Tagen ein bisschen Zeit, Dinge zu machen, an die sie sonst nicht einmal dachte. Sie strickte, las und als sie im Internet einen Rucksack bestellen wollte, fiel ihr ein, was sie noch dringender brauchen konnte: einen Mann. Also schaute sie sich erst einmal sehr zaghaft auf einschlägigen Seiten um. Ein paar ansprechende Männer waren schnell gefunden, mit zweien vereinbarte sie ein Date.

Der erste, Kilian, ist bis heute ein guter platonischer Freund von Helen. Die zwei lachten einen Abend lang ganz viel miteinander, tranken ein paar bunte Cocktails, fanden Gemeinsamkeiten in ihren Berufen: sie, die zukünftige Hebamme, er, der Krankenpfleger auf der Intensivstation. Schnell war klar, die zwei erzählten einander lieber Geschichten, als sich Liebesschwüre ins Ohr zu flüstern.

Wenig später traf Helen sich mit Ben. Mit ihm war es ganz anders. Kein Reden, kein Lachen, dafür umso mehr erotische Anziehung. Die zwei trafen sich drei Mal in zehn Tagen und wechselten keine acht bedeutungsvollen Sätze miteinander. Schön war es mit ihm – im Bett –, doch mehr konnte sie sich nicht vorstellen. Er sah die Sache glücklicherweise ähnlich. Sie wünschten einander ein wundervolles Leben und schickten ein paar Kusssmileys zum Abschied. Die Suche ging weiter, bis Helen schließlich Christian traf und mit ihm eine Familie gründete. Welch verschlungene Pfade. Nun ja, wir führten alle Leben, in dem die Liaisons unserer Jugend nur mehr ein Hauch aus vergangener Zeit waren.

Ich untersuchte die neugeborene Tochter, alles war in Ordnung. Diese Familie, zwei Eltern mit ihren vier gesunden Töchtern, alles schien in dem Moment perfekt zu sein.

Das war es auch noch eine Weile lang. Ein paar Wochen oder Monate. Dann zog Ben aus. Er wohnt seitdem im Gartenhäuschen. Allein und doch bei seiner Familie. Kurz nach Karlas Geburt unterzog sich Ben einer Vasektomie. Sicher ist sicher, meinte er. Denn vielleicht würde er nicht für immer im Gartenhaus bleiben ...

CLARA LUNA

Diese Frau war nicht nur gut mit sich und der Natur verbunden, sondern schien fast magische Kräfte zu besitzen.

Mein Telefon klingelte: „Guten Morgen, Frau Wana, haben Sie gut geschlafen?", begrüßte mich eine Frauenstimme

„Ja, danke, wirklich sehr gut", gab ich offen zu. Es war halb acht und mein Wecker hatte nicht geklingelt, weshalb ich gerade erst aus einem wunderschönen Traum hochgeschreckt war.

Doch dann war mir eingefallen, dass mein Sohn Archie bei seinem Vater war, von diesem zur Schule gebracht wurde und ich bis mittags keine Verpflichtungen wahrzunehmen hatte. Also streckte ich mich ganz lang in meinem Bett wie eine Katze, gähnte noch ausgiebig und schon hörte ich das Klingeln.

Die Frau stellte sich mit dem Namen Clara Luna vor. Sie sei auf der Suche nach einer Hebamme für die Geburt ihres ersten Kindes. Ob wir uns im Laufe der nächsten Woche treffen könnten?

Ja", sagte ich mit Blick auf meinen Kalender, „am Dienstag um zehn Uhr?"

Während ich mir noch die Adresse notierte, war das Gespräch auch schon wieder vorbei. Mir fiel ein, dass sie nur gesagt hatte, sie sei erst „ganz am Anfang vom Anfang einer Schwangerschaft", aber die Woche während des Gesprächs nie erwähnt hatte. Vielleicht war ich noch ein wenig zu verschlafen gewesen, um meine typischen drei, vier Fragen an die Schwangere zu stellen.

Vier Tage später machte ich mich auf in den 17. Wiener Gemeindebezirk. Vom Jonasreindl, wie das Schottentor liebevoll von Ur-Wienern genannt wird, fuhr ich mit dem 43er immer weiter stadtauswärts. An der „Humanic-Haltestelle" vorbei. So wird im Buch „Groschens Grab", das ich zu der Zeit gerade las, einer der Stopps auf der Alser Straße genannt. Weiter ging es zum St. Anna Kinderspital, das mich immer daran erinnert, für meine gesunden Kinder tief dankbar zu sein. Dann querte die Tram den Gürtel, bald fuhren wir am wuseligen Elterleinplatz vorbei, mit der altehrwürdigen Schule Kindermanngasse, die weit über die Bezirksgrenzen hinaus einen guten Ruf hatte, immer weiter ins Grüne.

Bei der Haltestelle Himmelmutterweg stieg ich aus; dieser Name schien mir ein gutes Omen zu sein für den anstehenden Hausbesuch. Nach ein paar Minuten zu Fuß kam ich bei einer Jugendstilvilla an. Die Fassade war ein bisschen heruntergekommen, Mauerwerk war von ihr abgebröckelt und die Farbe, ein helles Grau, nicht mehr durchgängig. Trotzdem fand ich das Haus faszinierend und war ganz verliebt in die alten Kastenfenster. Ich wollte gerade auf einen von vier Knöpfen der Gegensprechanlage drücken, da kam eine junge Frau um die Ecke.

„Dachte ich es mir doch, dass Sie es sind, Frau Wana! Ich bin Elsa, die Schwester von Clara Luna."

Die Frau war um die zwanzig Jahre alt und somit einige Jahre jünger als ihre Schwester, wie sich später in der Erzählung ihrer spektakulären Familiengeschichte herausstellte. Sie hatte blonde Haare, die ihr bis zur Hüfte reichten, und trug ein Batik-Tuch um den Körper geknotet.

Wir betraten zusammen die Wohnung und Clara Luna hauchte mir ein freundliches „Hallo" entgegen. Sie turnte hoch konzentriert im Vorraum auf einer Matte, eben war sie in eine Yogapose gewechselt, den Unterarmstand. In Zeitlupe bewegte sie ihre Füße zuerst zu ihrem Bauch hin, um sie dann sanft auf dem Boden abzustellen. Einmal atmete sie tief ein und dann aus und schwupps stand sie auf ihren Beinen vor uns.

„Darf ich?", fragte Clara Luna und hatte mich im selben Atemzug schon umarmt. Beide Schwestern sahen einander zum Verwechseln ähnlich, bis auf die Haarfarbe, die bei Clara Luna ein leuchtendes Rot war. Sie bat mich weiter in die Küche zu einem niedrigen Tisch, um den bestickte Sitzkissen verteilt waren. Wir tranken Tee und aßen köstliche Energiekugeln aus Dörrfrüchten.

Dann, als ich den Anamnesebogen ausfüllte, kamen wir auf das Kind zu sprechen:

„Beim Telefonieren habe ich ganz vergessen zu fragen, in welcher Schwangerschaftswoche du bist!"

Clara Luna lachte: „Oh stimmt, entschuldige. Minus 8."

Gedankenverloren wiederholte ich:

„Achte Schwangerschaftswoche ...."

Doch Clara Luna unterbrach mich und betonte einmal mehr:

„Minus achte Woche. Das heißt, ich erwarte, in zwei Monaten schwanger zu sein."

Ähnliches kam öfter vor bei den Frauen, die ich betreute. Doch meist teilten sie mir lediglich schon mal telefonisch den Zeitpunkt mit, ab dem sie ein Baby planten, damit die Betreuung nicht in meine Urlaubszeit fiel. Diese sehr genaue Eingrenzung auf acht Wochen war ... neu und darum fragte ich nach, was sie so sicher mache.

„Vor zwei Wochen hatte ich einen intensiven Traum. Ich bin wie jeden Tag im Wald spazieren gewesen und dann an einem Strauch mit roten

Früchten vorbeigekommen. Dahinter hat ein Kind, ein Neugeborenes, geschrien. Nicht geweint, es waren Laute, um auf sich aufmerksam zu machen. Plötzlich waren da ganz viele Menschen mit mir im Wald, doch nur ich konnte das Kind hören ... Als ich aufgewacht bin, hab ich mich angezogen und bin gleich mit dem Hund rausgegangen, unsere übliche Runde. Und da fand ich den Strauch mit den Früchten, etwas abgelegen. Und auf einem Blatt saß ein weißer kleiner, schillernder Punkt. Das war mein Baby!"

Hennarot colorierte Dreadlocks, der Duft nach Rauchwerk in der Wohnung, diese Naturvisionen; in diesem Moment hätte ich die Frau als alternativ abstempeln können. Was auch immer das bedeutet, „alternativ" zu sein. Denn dafür müsste es eine Norm geben. Einen allgemeingültigen Maßstab, der mir allerdings in meinem Lebensweg als Hebamme, aber auch privat, noch nie untergekommen war.

Die Frauen, die ich begleitete und immer noch begleite, sind grundverschieden. Groß oder klein, dick oder dünn im Aussehen; stur, lieblich, energisch, nett und vieles mehr im Charakter und dazu noch aus verschiedenen Ländern. Es sind Verkäuferinnen, Beamtinnen, Floristinnen, Stenotypistinnen oder Juristinnen, mit und ohne Lederaktentaschen. Einmal hat mich eine Quantenphysikerin konsultiert, die Jahre später vom FBI angeheuert wurde. Fünf Sängerinnen, zwei Artistinnen beim Zirkus. Viele Frauen in Gesundheitsberufen: Masseurinnen, Physiotherapeutinnen, Krankenschwestern. Ein paar Mal Gynäkologinnen, die der Idee, im Krankenhaus zu gebären, nicht viel abgewinnen konnten, weil sie die Schattenseiten des Systems kannten. Und trotzdem ihren Beruf mit Leidenschaft und Überzeugung ausübten. Ich traf auf Frauen, die Frauen lieben. Oder Frauen, die Männer lieben; manchmal mehrere. Was sie einte, als einziges, war tatsächlich die Liebe zu ihren Kindern. Ganz, ganz selten auch, dass sie diese Liebe, die sie empfinden wollten, für das Leben in sich nicht spüren konnten. Noch nicht. Oder nie. Also immer gilt eines bei mir: Alle gleich. Alle anders.

In dem Moment empfand ich die Schilderung von Clara Luna überaus faszinierend – und schön. Ein Baby, das im Strauch wuchs und schon einmal vorab „Hallo" sagte zu seiner Mama – das war eine sehr spannende Vorstellung. Wie würden die Menschen plötzlich in den Wald pilgern und die Natur schützen, wenn es jeder so ergehen würde. Ob ich wirklich glaubte, was sie sagte? Das spielte für mich keine große Rolle. Frauen haben ein gutes Gespür für die Vorgänge um und in sich, wenn sie mit sich und ihrem Körper stark verbunden sind. Das ist es, was zählt.

Wir machten aus, Clara Luna solle sich wieder bei mir melden, wenn sie einen positiven Schwangerschaftstest in der Hand halte.

Genau zehn Wochen später war es so weit. Fröhlich sprach sie ins Telefon, ihr Lichtbaby sei nun bei ihr im Bauch gelandet, der Test habe gerade schon angeschlagen. Ich sprach der werdenden Mutter Glückwünsche aus und wir vereinbarten einen nächsten Besuch, zwei Monate später.

Nach einem ersten Abtasten des Bauches und einem ausführlichen Gespräch zum Ablauf einer Hausgeburt wollte Clara Luna mir unbedingt die Stelle zeigen, an der sie ihr Kind als Lichtfunken gesehen hatte. Wir führten unser Gespräch beim Spaziergang fort, gingen tief in den Wald hinein und kamen zu einer Lichtung. Es war ein Platz, der unwirklich schien. Er hätte auch zu jeder anderen Zeit, an vielen anderen Orten existieren können; nichts deutete auf seine Großstadtnähe im 21. Jahrhundert hin.

Wir setzten uns vor den Busch und Clara Luna begann, über die Familie zu erzählen. Alle Frauen ihrer Ahnenlinie hätten ähnliche Visionen über ihre Kinder gehabt, bevor sie geboren wurden. Oft offenbarten die Babys ihre bevorstehende Ankunft in Träumen, manchmal waren es Erscheinungen in der Natur.

„Es heißt, eine meiner Urahninnen sei am Scheiterhaufen verbrannt worden, weil sie ihr eigenes Kind und das befreundeter Bäuerinnen sehen hat können. ‚Teufels Werk‘, sagte die Kirche dazu, doch die Frauen waren ihr unendlich dankbar. Damals war das Leben hart und Fehlgeburten kamen gehäuft vor. Die Frauen waren froh über die Fähigkeiten meiner Urahnin und die Aussicht, dass es gesunde Kinder nach Jahren der Entbehrung und der Trauer geben sollte."

Auch in den Jahrhunderten nach der Hexenverfolgung sei es für die Frauen ihrer Familie nicht leicht gewesen. Vielen wurde ob ihrer Visionen misstraut von jenen, die sie nicht verstehen konnten, und einige wurden von ihren Ehemännern verlassen, die mit dieser Übersinnlichkeit nichts anfangen konnten. Darunter auch ihr eigener Vater. Er habe sie mit ihrer Mutter gezeugt, nach einigen Jahren glücklicher Ehe. In der Schwangerschaft konnte er nicht verstehen, wieso ihre Mutter plötzlich davon sprach, ihr Kind vom Himmel hinabzupflücken – eine kleine Tochter, die am ersten Christtag geboren werden würde.

„Er hat sie dann verlassen ... und Jahre später eine stürmische Affäre mit meiner Tante angefangen. Die ist mit Elsa schwanger geworden und die Geschichte hat sich wiederholt. Denn Elsas Mutter hat ihre Tochter auch ganz früh schon sehen können ... Es geht das Gerücht, Papsch habe sich danach in einer psychiatrischen Klinik behandeln lassen müssen ... Genau weiß ich es nicht, aber zu Familientreffen kommt er nie. Geburtstage von uns feiern wir immer alleine mit ihm, unsere Mütter sind ihm nicht mehr geheuer."

Mit ihrem Mann schien es anders zu sein. Clara Luna stellte mir James vor, als wir wieder in ihrer Wohnung angekommen waren. Der Pianist stammte ursprünglich aus London, war wegen der Liebe zu ihr nach Wien gezogen. James war ein sehr zurückhaltender Mensch, der eine angenehme Ruhe ausstrahlte. Clara Luna und er schienen einander ohne viele Worte, aber durch Berührungen zu verstehen. Immer wieder hielt das Paar Händchen, immer wieder strich der eine über die Schulter der anderen oder umgekehrt.

Es entspann sich ein lockeres Gespräch, bei dem ich die werdenden Eltern besser kennenlernte. Sie erzählten mir von den Anfängen ihrer Liebe, wie gerne sie ihm beim Klavierspielen zuhörte und wie es sei, in ein anderes Land zu ziehen. Ob er denn vieles an England vermisse, fragte ich James. Er lachte und sagte dann nach einiger Zeit, er habe hier alles, was er brauche. Das Einzige, was an ihm britisch sei, meinte er schließlich, sei seine Vorliebe für Tweed-Sakkos.

Die Monate vergingen und beim letzten Hausbesuch vor der Geburt sprach Clara Luna einen Traum an, den sie in der Nacht davor hatte: Intensiv waren darin Bilder der Geburt ihres Kindes aufgetaucht. Sie würde ein kleines Mädchen gebären, in einer Nacht voll Blitz und Donner, da werde es auf die Welt kommen. Einige Tage über den Termin, so sei es im Traum gewesen, würde die Geburt stattfinden. Sie selbst, so meinte die werdende Mutter, würde den Vorgang als herausfordernd erleben.

„Vergiss nicht, alles mitzunehmen", meinte sie noch zu mir. In diesem Moment verstand ich nicht, was sie meinte. Doch ihr laut betontes „Alles!" klang mir noch lange im Ohr.

Wenige Nächte später wachte ich von einem grollenden Donner auf, dem ein Blitz folgte, der mein ganzes Zimmer hell erleuchtete. Noch schlaftrunken vermischte sich mein Verstand mit einem Traum und es fühlte sich für mich an, als posiere ich gerade am roten Teppich einer Filmpremiere im Blitzlichtgewitter der Fotografen. Ich grinste den Blitz vor meinem Schlafzimmerfenster an und winkte dem Donner zu. Doch gleich darauf war ich schon hellwach und erinnerte mich an die Worte von Clara Luna. Plötzlich war mir sicher: In dieser Nacht würde sie ihr Kind gebären. Also zog ich mich an, machte mir einen Tee und schaute noch einmal in meine Hebammentasche. Alles da, dachte ich, während ich meine Instrumente und Utensilien überprüfte.

Dann öffnete ich ein kleines Täschchen mit Tabletten, die ich gebe, falls es zu einer stärkeren Blutung kommt. Und fand darin: nichts. Bis heute kann ich mir nicht genau erklären, wieso ich das Medikament nicht nachgefüllt hatte. Andererseits war das letzte Mal, dass ich solch ein Medikament gebraucht hatte, schon fast ein Jahr her. Also steckte ich eine Einheit aus meinem Vorrat in die Tasche, als das Telefon klingelte.

Ich hörte James ins Telefon sprechen: „Es wird Zeit.“

Ein bisschen unheimlich wirkte seine Aussage mit all dem Donnern, Regen und Blitzen im Hintergrund. Ich machte mich sofort auf den Weg durch die stürmische Nacht und fand Clara Luna im Bett auf der Seite liegend vor. James erklärte, seiner Frau sei furchtbar schlecht gewesen für ein paar Stunden, schließlich habe sie sich auch mehrmals übergeben müssen. Nun kämpfe sie mit dem Schlechtsein und dem Kreislauf.

Clara Luna hatte schon recht kräftige Kontraktionen, saugte die Luft durch ihre Nase ein und blies sie mit dem Mund aus. Dabei verzog sich ihr Gesicht schmerzerfüllt. Ich näherte mich der Frau und regte einen Positionswechsel an. Auf den Knien wurde der Druck zwar besser aushaltbar für sie, doch hatte sie kaum die Kraft, sich auf den Armen abzustützen. James versuchte, sie zu halten, doch auch das schien nicht ideal zu sein.

Nach ein paar weiteren Versuchen war Clara Luna am Geburtshocker angekommen. Diese Haltung schien am besten für sie zu funktionieren. Ich untersuchte die Frau, hörte die Herztöne des Kindes ab und alles war in Ordnung. James spielte auf den Wunsch seiner Frau hin ein bisschen Klavier, immer wieder „Clair de Lune“ von Debussy. Die Melodie, deren Titel dem Namen der Frau so ähnlich war, schien sie bei der Geburt zu stärken.

Es wirkte, als würden die Schmerzen dadurch erträglicher werden, die Übelkeit verschwand. Davor hatte ich Akupunktur angeboten, doch sie hatte verneint mit der Begründung, alles werde ablaufen, wie es müsse. Lediglich am Kreuzbein sollte ich sie massieren. Die Berührungen taten ihr gut und sie konnte dadurch die Wehen auch im Vierfüßlerstand bestens aushalten. Das war zu dem Zeitpunkt dem Geburtsfortschritt sehr förderlich, damit sich das Baby richtig ins Becken drehen konnte.

Nach vielen weiteren Stunden Wehenarbeit, Massage und Klavierstücken war das kleine Mädchen endlich geboren. Es donnerte noch einmal heftig von draußen herein ins Zimmer, als das Baby aus seiner Mama flutschte. Wie der laute Startschuss ins Leben, dachte ich mir. An ihrem etwas verformten Köpfchen konnte man deutlich erkennen, dass sie nicht in perfekter Position im Becken gelegen hatte, aber es ging Mutter und Kind trotzdem gut.

Clara Luna wies keine gravierenden Geburtsverletzungen auf. Sie kuschelte sich mit James und ihrer Tochter in Decken gehüllt zusammen, als die Plazenta folgte. Danach schien die Mutter sehr erschöpft zu sein, sie nickte immer wieder weg. Etwas stimmte nicht. Ich bemerkte, dass die junge Frau viel Blut verlor. Ich schätzte das per Augenmaß aufgrund jahrelanger Erfahrung.

„Clara, ich geb dir jetzt eine Tablette, weil du recht viel Blut verlierst, ja?"

Die junge Mutter nickte und ich legte sie ihr unter die Zunge. Dazu noch einen Beutel mit Eis auf den Unterbauch, um die Kontraktionen, die die Blutung stoppen sollten, zusätzlich anzuregen.

James sah besorgt aus und ich überlegte schon, ob und wann ich weitere Schritte einleiten sollte. Doch sie erholte sich in den nächsten zwei Stunden so weit, dass ich es dabei beließ.

Nach weiteren zwei Stunden schaute mir Clara Luna wach ins Gesicht und meinte, ich könne nun gehen, es sei alles in Ordnung. Sie versprach mir, sich sofort zu melden, wenn sie weitere stärkere Blutungen bemerke oder Schmerzen spüre.

Am nächsten Tag ging es Clara Luna sichtlich besser, sie hatte sich gut von der Geburt erholt. Darauf stießen wir mit einem Plazentashake für sie – und heißem Tee für James und mich – an.

Dieser Trank, der ein etwa haselnussgroßes Stück Mutterkuchen enthält und mit rotem Saft nach Wahl gemixt wird, bis man wirklich gar nichts mehr von der eigentlichen Plazenta schmeckt, soll die Hormone nach der Geburt weniger steil abfallen lassen und Depressionen vorbeugen. Wissenschaftlich kaum geprüft und darum nicht erwiesen, schwören viele Frauen nach der Geburt trotzdem auf die Kraft der Plazenta.

In der folgenden Zeit pendelte sich alles so ein, wie es idealerweise sein sollte: Der Milcheinschuss kam, das Stillen klappte recht gut und die kleine Jamie, die von ihren Eltern den Namen des Vaters in abgekürzter Form erhalten hatte, nahm stetig zu.

Bei meinem letzten Hausbesuch schenkte mir Clara Luna eine von ihr selbst gefertigte Kette. An den schlanken silbernen Gliedern baumelte eine Eichel. Ein Teil war echt, der andere kunstvoll gestaltet: Statt einer braunen Nuss steckte eine bunte Glasversion im Eichelhütchen. Der Anhänger sah wunderschön aus und, bis auf die Farbe, der Natur perfekt nachgeahmt. Clara Luna erklärte, sie sei Tage vor der Geburt spazieren gewesen im Wald. Da hatte sie wieder einen Lichtpunkt bemerkt, dieses Mal auf einer Eichel. Sie war nähergetreten und die Frucht sei ihr vor die Füße gefallen. Als sie sie aufgehoben hatte, habe sie mich vor ihrem inneren Auge gesehen.

„Margarete, ich glaub', da ist noch ein Kind, das zu dir will ..."

Sie legte mir die Kette um den Hals und reichte mir einen kleinen Handspiegel. War da ein heller Punkt? Oder nur ein verirrter Sonnenstrahl? Ich könnte es nicht mehr sicher sagen, aber einige Zeit später stellte ich fest, wieder schwanger zu sein ...

INGRID

Gelassenheit ist ein Vorteil als Hebamme – bei den
Geburten, wenn man auf ein Rudel fremder Hunde trifft,
oder auf eine Schwiegermutter namens Napoleon.

Nach einer intensiven, viele Stunden dauernden Hausgeburt spazierte ich gähnend und zufrieden zur Schule meines Sohnes, als mein Telefon klingelte. Es meldete sich ein Mann, der gleich mit allen Informationen loslegte:

„Grüß Gott, Sie sind die Hebamme, Frau Wana, nicht? Gut, gut, dass ich Sie erreiche. Ich hätt' es ja schon gestern am Abend versucht, aber da sind Sie ja mehrfach nicht an Ihr Mobiltelefon gegangen. Wobei ich es noch vor 21 Uhr probiert habe."

Ja, dachte ich mir, genau zu dieser Zeit ist gerade die Blase der Frau, die ich betreut habe, geplatzt.

„Meine liebe Gattin und meine Wenigkeit werden in Kürze Eltern von einem Zwillingspaar. Die Niederkunft ist als Sectio Caesarea, einem sogenannten Kaiserschnitt, in einer privaten Klinik geplant, beim Herrn Primar. Wissen S', zur Sicherheit, weil es ja zwei Kinderlein sind und wir nicht mehr der jüngste Jahrgang. Jedenfalls, Frau Wana, die Angetraute und ich, wir hätten ja noch so viele Fragen. Und eine Nachbetreuung zu Hause, das brauchen wir auch dringend. Bitte schön, können Sie mir sagen, wann ein Treffen zwischen Ihnen und uns stattfinden kann? Ja, genau, darum soll ich anrufen. Die Gnädigste ist übrigens in der 36. Woche, der Prinz und die Prinzessin werden bei 38+4 dann geholt, hat der Herr Primar befunden. Und das ist wirklich ideal, auch von den Terminen her, die es sonst für mich wahrzunehmen gibt."

Ich überlegte kurz, wann es passen würde für mich, er nahm meinen ersten Terminvorschlag zufrieden an und ich notierte mir die Adresse der beiden.

„Lustig, ich wohne nicht weit weg von Ihnen", sagte ich, als ich den Straßennamen und die Nummer hörte.

„Hervorragend, ganz hervorragend ist das, dann sind Sie in der Nähe, falls die Kinder plötzlich drohen, überraschend geboren zu werden", meinte mein Gesprächspartner gut gelaunt und über seine Bemerkung schallend lachend.

Exakt drei Minuten brauchte ich von Tür zu Tür. Und was das für eine Tür war, die zu diesem Paar führte! Der imposante, mit kleinteiligen Schnitzereien verzierte Eingang war das Portal zu einem Palast, einem traumhaften Jugendstiljuwel, wie Makler dieses Objekt beschreiben würden. Mehrere Etagen des gediegenen Altbaus schienen der Familie zu gehören, das verriet der öfter aufscheinende Name „Siegel" bei der Gegensprechanlage.

Ich schritt, statt zu gehen, die ausladende Treppe hinauf bis in den vierten Stock. Dort sah ich ein paar Pickerl mit politischen, eher primitiven Sprüchlein, die sich nicht mit meinen Ansichten deckten. Eines klebte an einem Fenster, ein anderes an einem weißen Emaille-Kübel. Ich bemerkte es zwar, aber in meiner Funktion als Hebamme interessieren mich die politische Einstellung, Religion oder Lebensgewohnheiten der von mir betreuten Familien nicht weiter.

Ich klingelte und als sich die Wohnungstür öffnete, schoss ein ganzes Rudel Hunde hinaus und auf mich zu. Es waren kleine und große, kläffende, ruhige ... Ein kleiner Schoßhund preschte nach vorn, um mich zu besteigen, ein kugelrunder Spitz sprang auf und ab, wollte meinen Ellbogen anknabbern. Die anderen bellten, rannten um mich herum, kreisten mich ein.

Plötzlich ein lauter, schriller Pfiff, dann eine tieftönende Herrenstimme: „Sofort hinein!"

Unter der Anweisung eines mächtigen Mannes mit rotfleckigen Wangen, dessen Oberkörper in einer Trachtenweste steckte, die sehr ungemütlich spannte, zogen die Hunde ab. Mit „So eine Begrüßung hatte ich noch nie, das wäre nicht nötig gewesen", wollte ich die Situation auflockern. „Hallo, ich bin die Margarete", fügte ich noch hinzu.

„Grüß Gott, Siegel mein Name, ich bin der werdende Vater, kommen Sie bitte weiter, Frau ... Hebamme."

Im Vorraum wollte ich mir die Schuhe ausziehen. Herr Siegel wies mich mit strenger Stimme, aber lächelnd an, das bloß nicht zu machen: „Keiner zieht bei uns die Schuhe aus! Nicht, dass Sie sich verkühlen!"

Ich folgte dem Mann einen Gang entlang über mehrere schwere orientalische Teppiche; dabei hatte ich große Hemmungen, mit meinen Straßenschuhen auf dem edlen Gewebe zu gehen. Links und rechts führten Türen in geräumige Zimmer. Er brachte mich in ein lichtdurchflutetes Wohnzimmer, das er den kleinen Salon nannte, und bat mich, auf einer Ledercouch Platz zu nehmen. Von den Hunden war keine Spur mehr zu sehen, aber seitdem ich die Wohnung betreten hatte, war ich an neun Katzen vorbeigegangen. Wie die Hunde waren auch ihre felinen Kollegen ganz unterschiedlicher Art: Ein paar verspielte Babykatzen tummelten sich auf einem Kratzbaum, zwei gemütliche Siams lagen schlafend in der Sonne, während ein frecher roter Kater geschickt um die Kristallvasen herumschlich.

Herr Siegel deutete mir, Platz zu nehmen und meinte, es würde noch kurz dauern, bis seine Frau käme. Er erzählte mir die wichtigsten Dinge, die ihm zur Schwangerschaft einfielen. Auf meine Frage, ob die Zwillinge auf natürlichem Weg empfangen worden seien, reagierte er pikiert:

„Selbstverständlich, wie denn sonst?"

Er selber hatte mehrfach erwähnt, nicht mehr der Jüngste zu sein und heutzutage kamen viele Mehrfachschwangerschaften mit künstlicher Befruchtung zustande, darum hatte ich meine Frage gestellt.

Plötzlich schoss die Hundemeute in einer felligen, bellenden Masse wie aus dem Nichts an uns vorüber und Herr Siegel meinte erfreut:

„Die Gattin, die Gattin, sie muss eingetroffen sein!"

Und tatsächlich, Minuten später bog eine Frau um die Ecke, die sich mir mit dem Namen Ingrid vorstellte. Sie trug weiße Turnschuhe, ein dunkles Poloshirt und knallrote Lippen. Ingrid war sehr freundlich, ihr Verhalten wirkte aber ein wenig gekünstelt, was sich, je besser ich sie kennenlernte, aber legte. Ich schaute in den Mutter-Kind-Pass und musste zwei Mal hinsehen beim Geburtsdatum. Die werdende Mutter war wirklich schon 50 Jahre alt. Im Pass war auch vermerkt, dass die Kinder mit einer künstlichen Befruchtung gezeugt wurden. Ich fragte aber nicht weiter nach ...

Ingrid erzählte von der Schwangerschaft, richtete einige Fragen an mich und ließ sich von den Kommentaren ihres Mannes nicht beirren. Immer wieder bezeichnete er sie lachend wahlweise als „Elefant" oder „Walross" und strich in allen Facetten hervor, wie schwerfällig die Gattin geworden war. Beim Ausdruck „schwerfällig" gab sie ihm recht und meinte, dass es öfter im Rücken ziehen würde, was aber kein Wunder sei bei dem großen Bauch. Zum Ausgleich würde sie viel schwimmen gehen, die Schwerelosigkeit täte ihr gut und auch den Kindern schien es zu gefallen, denn im Wasser, wenn sie am Beckenrand ausruhte, strampelten die beiden immer besonders wild im Bauch. Der Herr Primar fand Schwimmen allerdings gar nicht gut. Das galt auch für einige Dinge mehr, die ihr ganz normal schienen, wie Ingrid zwinkernd hinzufügte. Ich merkte, dass diese Frau mir gegenüber auftaute, vielleicht schon Vertrauen zu mir gewonnen hatte.

„Napoleon gibt ihr auch immer Recht, dass sie ruhig auf sich selbst hören könne in diesen Belangen. Eine Frau erkennt, was ihr guttut, auch in diesen besonderen anderen Umständen. Dafür braucht es keinen Doktor, der ihr das sagt, nicht wahr, Frau... ähm, Frau Hebamme?", meinte Herr Siegel und ich stimmte zu.

Napoleon?

„Ferdinand ...", zischte seine Frau ihm zu.

„Natürlich, ich bin Ferdinand, in dieser Angelegenheit scheint es passend zu sein, wenn wir einander etwas formloser begegnen. Napoleon, das ist im Übrigen meine Mutter. Sie kam zu diesem kessen Kosenamen, weil sie, wie die einen meinen, durchaus eine charakterliche Ähnlichkeit mit dem namensgebenden Imperator aufweist, andere wiederum denken, es sei, weil sie die Hand auch gerne im Jäckchen versteckt. Im Übrigen, es ist schon spät, Napoleon wartet bereits auf Sie, ähm dich."

Extra zu einem Antrittsbesuch bei der Schwiegermutter der zu betreuenden Schwangeren zu gehen, war durchaus ungewöhnlich. Doch wer mich kennt, weiß, dass ich mich vollkommen auf meine Familien und ihre Lebenssituation einlasse. Also, auf zu Napoleon!

In diesem Fall war der Wunsch der werdenden Eltern leicht zu bewerkstelligen, denn Schwiegermama wohnte im Stock darunter. Im gesamten Stockwerk. Ingrid lieferte mich an der Haustür ab, kam allerdings nicht mit hinein. Sie warnte mich noch vor:

„Napoleon hat das gesamte Babysortiment einer Wiener Innenstadtboutique aufgekauft für die Enkerl … Sie wird deine Meinung zu den Sachen hören wollen."

Die Tür ging auf und ich wurde von einer freundlichen Frau empfangen. Ich begrüßte sie, stellte mich vor und sie merkte freundlich an, dass ich ihr in den Salon folgen solle, Madame käme gleich. Oh, das war also die Haushälterin. Ich folgte ihr durch einen ebenso langen Gang, wie es ihn oben gab. Doch dieser hier war ganz klassisch ausgestattet, mit dunklen Einbaukästen, Stuck an der Wand, glänzendem Holzboden, Kassettentüren.

Der Salon war riesig und das Herzstück definitiv ein glänzender phallusförmiger Luster, der sich von der Decke fast bis zum massiven Eichentisch hinunterstreckte. Im anderen Teil des Zimmers sah ich fünf breite Kleiderständer. Auf ihnen hing dicht an dicht Babygewand: Strampler, Kleidchen, Hosen, Pullis … Ein kleiner Teil davon war gut brauchbar für Neugeborene – doch vieles, das Allermeiste, in meinen Augen gar nicht. Ich sah Babyschuhe in mehreren Ausführungen und Größen, einen Babyanzug mit Krawatte und Kleidchen mit vielen Reihen Rüschen. Daneben zwei Stubenwagen, einer in blau, einer in rosa mit perlenbestickten Decken. Überall hingen noch die Preisschilder dran: 260 Euro für eine einzige Decke!

Da stand plötzlich eine Dame in der Tür. Sie hatte voluminöse, helmartig ondulierte hellbraune Haare, viel goldenen Schmuck um Hals und

Handgelenke, trug einen Hosenanzug in Beige und strahlte aus jeder Pore elegante Ordentlichkeit aus. In der linken Hand hielt sie einen Milchkaffee, die rechte ruhte auf ihrem Bauch. Ah, das musste also Napoleon sein. Sie musterte mich von oben bis unten:

„Grüß Gott, Sie müssen also die Hebamme sein! Ich bin Frau Siegel, freut mich! Wollen Sie auch einen Kaffee?"

Ich stellte mich mit Namen vor und meinte:

„Danke, keinen Kaffee, aber gerne ein Wasser."

Da polterte die Dame los:

„Wie bitte, keinen Kaffee? Ein Wasser, was soll das sein? Na gut, Ewa, bringen S' der Frau Hebamme halt ein ... Wasser!"

Sie beorderte mich zum hinteren Teil des Zimmers, um mir die Babysachen vorzuführen. Noch ein eindringlicher Blick und dann die Bitte, ihr ehrlich meine Meinung zu den Stücken zu sagen. Also erklärte ich, welche Materialien und Utensilien sich meiner Erfahrung nach bewährt hatten: Baumwollbodys, leichte Hosen aus einem Woll-Seide-Gemisch statt Polyester und Rüschen. Lieber Lagen anziehen statt dicker Pullis. Sie hörte mir gut zu und machte ein paar Notizen, wenn ich Hersteller erwähnte. Wenn die Kinder rausgewachsen seien, könne sie manches sogar noch auf einer Second-Hand-Plattform verkaufen. Napoleon schrieb alles auf, machte aber einen komischen fragenden Gesichtsausdruck.

Unvermittelt fing sie an, von ihrem Sohn zu reden:

„So alt hat er erst werden müssen, um selber Vater zu sein. Na, ich hätt' ihm das ja überhaupt gar nicht zugetraut. Schon damals als Butzerl hat er sich immer auf mich verlassen. Nun ja, daran hat sich bis heute nicht viel geändert."

Dann begann Napoleon von Ferdinands Geburt zu erzählen. Kurz nachdem sie das Familienunternehmen von ihrem Vater übernommen hatte, sei sie schwanger geworden.

„Der Herr Papa drückte mir damals 70 000 Schilling in die Hand, hat gesagt ‚Fannerl, damit gehst du zu einem ordentlichen Hospital, zu einem Primar, und drückst ihm das in die Hand, damit du ordentlich entbunden wirst.' Gut, hab ich mir gedacht, das wird wohl der zu beschreitende Weg sein. Ich hatte also das Geld, die vielen Scheine in meiner Handtasche und bin spazieren gegangen. Ich war damals ein ganz ein junges Mäderl und hab für mein Leben gern eingekauft. Ein bisserl da schauen, ein bisserl dort. Und die schönsten Geschäfte gab es damals und gibt es bis heut' im ersten

Bezirk. Einmalig ist es dort. Ich wollt' wirklich nur schauen, die Atmosphäre genießen. Aber dann bin ich an dem Lampengeschäft vorbeigekommen. Eine prächtige Auslage war das und ich hab mich so frei und unabhängig gefühlt mit dem vielem Geld in der Tasche ... Ich musste hineingehen. Und dort hing er in all seiner funkelnden Pracht über einer Treppe."

Sie zeigte auf jenen Luster, der mir schon beim Eintreten in den Salon aufgefallen war. Napoleons Augen funkelten mit den unzähligen Kristallen um die Wette. Immerhin, führte Napoleon aus, habe sie gedacht, die kleineren Spitäler können auch nicht schlechter sein und gebären kann ja eh jede Frau. Aber es kam anders:

„Stundenlang bin ich allein in einem Zimmer am Rücken gelegen, entsetzlich war es. Keine Hebamme, kein Arzt ... erst am nächsten Tag war er dann da."

Ferdinand sei in den Tagen darauf, wie damals üblich, die meiste Zeit im Kinderzimmer untergebracht gewesen, die Schwestern kümmerten sich auch um die Nahrung für den Säugling.

„Er hat immer so einen Hunger gelitten. Ganz viel gebrüllt, aber die Schwestern haben ihm nur ein halbes Flascherl gegeben. Immer haben sie gesagt: ‚Gnä Frau, mehr dürfen wir nicht! Sonst bekommt der Sohnemann eine Magenumdrehung.' Aber geh, was heißt da Magenumdrehung, sein ordentlicher Appetit war das Problem. Ich hab sie überredet, ein schönes Trinkgeld in die Kaffeekasse gegeben und er hat dann das volle Flaschi bekommen. Dann war er zufrieden, der kleine Ferdinand."

Wir redeten noch ein bisschen über das Grätzel, in dem wir beide wohnten. Als Napoleon meine Adresse hörte, rief sie verzückt aus, dass ich wohl eine schöne Aussicht habe. Ich bot ihr an, sie könne gerne mal zu mir auf einen Kaffee kommen, wenn sie wolle. Zum ersten Mal, seitdem ich ihre Bekanntschaft gemacht hatte, kam ihr nun ein verschmitztes Lächeln aus, das durch die Strenge ihrer Worte gleich wie weggewischt war:

„Aber nein, Frau Hebamme, keine Angst, ich komm' schon nicht!"

Danach war der Hausbesuch bei den werdenden Eltern samt Schwiegermutter vorbei.

Mein erster Nachsorgebesuch fand eine Woche nach der Geburt der zwei Kinder statt. Dieses Mal war ich gut vorbereitet: Als die Tür aufging, warf ich eine Handvoll köstlichster Hundeleckerlis auf den Boden. Die Meute stürzte sich zufrieden schmatzend darauf und ich konnte ungestört die Wohnung betreten. Der geplante Kaiserschnitt im Privatspital war gut verlaufen, den Babys und der Mutter ging es bestens. Schon vier Tage danach durfte Ingrid mit den Zwillingen nach Hause.

„Dem Primar war es gar nicht recht, aber aufhalten hat er mich auch nicht können."

Für Ingrids Narbe hatte ich eine Ringelblumensalbe dabei, die sie jetzt, da die Wunde noch frisch, aber schon geschlossen war, sanft auftupfen konnte. Sobald die Haut wieder zugewachsen war, wollte sie mit einer Massage der verheilten Wunde beginnen – um das Gefühl an diesem Teil ihres Bauches wiederzuerlangen und Verklebungen des Gewebes vorzubeugen.

Das Stillen klappte recht gut mit den beiden sehr hungrigen Kindern, Desiree und Frederick saugten gleichzeitig zufrieden am Busen ihrer Mama. Ingrid war nun gänzlich ungeschminkt, wirkte älter, aber viel schöner. Sie hatte keine Gelnägel mehr und der Umgang mit den Kindern schien ganz natürlich für sie zu sein.

„Manches verlernt man nicht", schien die Zwillingsmama meine Gedanken zu lesen. „Ich habe früher viel auf meine jüngeren Geschwister aufgepasst. Alle Verwandten haben immer gemeint: ‚Die Ingrid kommt aber dran mit den kleinen Gschroppen!' Aber ich hab das immer so geliebt. Seitdem wollte ich immer eigene Kinder haben. Ich bin so glücklich, dass es geklappt hat!"

Ein wenig später stieß Ferdinand zu uns. Nach einem Großeinkauf schleppte er ziemlich abgekämpft einige mit Tierbedarf beladene Einkaufstaschen in den Vorratsraum. Ingrid bat ihn, die Windeln gleich zu bringen, die kleine Desiree hatte lautstark ihre funktionierende Verdauung demonstriert.

Vor Schreck ließ Ferdinand zwei Taschen fallen.

„Schatzi-Hasi-Maus, das tut mir schrecklichst leid. Die habe ich vergessen. Und die Feuchttücher auch. Ich fahr' nochmal los."

Ich konnte mir nicht verkneifen, dem kleinen Spitz zuzuraunen, dass er es als Hund in diesem Haushalt bestens getroffen habe und sich bloß nicht über die Neuzugänge aufregen solle. Ingrid fand meine Aussage zum Glück auch lustig.

Monate später traf ich Napoleon auf der Straße, als sie gerade ihrem silbrigen Jaguar entstieg.

„Frau Hebamme, wie reizend, gerade im Dienst?"

Ich erzählte ihr, dass ich am Weg nach Hause sei und ein paar freie Tage genießen würde, nachdem ich in den letzten drei Wochen vier Geburten betreut hatte. Spontan lud ich sie ein, auf einen Kaffee zu mir mitzukommen. Sie zögerte und sagte dann doch Ja zu meinem Angebot. Kurz darauf standen wir auf meiner Dachterrasse und Frau Siegel genoss die Aussicht.

„Genauso kenn' ich es von damals. Da hinten, das gab es auch schon und dieses Gebäude sowieso. Sehr schön haben Sie es, Frau Margarete. Wenn Sie einmal einen Tipp wegen der Eigentumsfinanzierung brauchen, dann melden S' sich bei mir, ja?"

Ich nickte und fragte dann aber nach etwas ganz anderem:

„Frau Siegel, darf ich Sie etwas fragen? Etwas, das mich gar nichts angeht, aber interessiert? Wie kommen Sie zu dem Namen Napoleon?"

Da war er noch einmal, der verschmitzte Ausdruck, die Augen funkelten.

„Also gut, zuerst müssen wir dafür aber per Du sein. Ich bin die Fanny, freut mich, Margarete, dass ich hier bei dir auf der Terrasse sein darf, es ist ein Traum. Also, das mit dem Napoleon war so … du musst mir aber schwören, auf dein Hörrohr und die Plazentadrucke, dass du es niemandem jemals weitererzählst. Denn nicht einmal mein Sohn kennt diese Geschichte in vollem Ausmaß und er wäre sehr schockiert von den Details. Und einen schockierten Ferdi, den brauchen wir nun alle wirklich nicht …"

BRIGITTE UND SELINE

Manchmal passieren sie, die Wunder, die mich
staunen lassen und dankbar machen – dafür, dass
ich ein kleiner Teil von ihnen sein darf.

Eine ganz spezielle Geburtsreise begann damit, dass ich einfach nur zugehört habe am Telefon. Zuerst verstand ich nicht, warum Brigitte eine Hebamme suchte, nach dem was ihr passiert war. Ich lauschte der Frau, und später, in den Monaten danach, passierte etwas, das sich nicht anders nennen lässt als ein Wunder.

Brigitte hatte ich über ihren Mann Serge kennengelernt – den Technikspezialisten, der immer dann zu mir eilt, wenn ich komplett entnervt bin. Von meinem Handy, dem Computer, einmal sogar wegen der Waschmaschine. Normalerweise findet er mich dann verheult und schimpfend vor:

„Gib mir die Laptop, Margarete, ganz rühig bleiben – nischt schmeißen auf die Boden. Serge macht es wieder güt!"

Das Paar war aus Frankreich nach Österreich übersiedelt, er hatte ein Ein-Mann-Unternehmen gegründet mit dem passenden Slogan: „Le Serge – der wird es schon richten / Sie fluchen, ich repariere", Marianne arbeitete als Übersetzerin.

Wenn ich an die Geschichte der beiden denke, kraxelt mir heute noch die Gänsehaut über meine Unterarme: Das erste Kind wollten Brigitte und Serge mit mir zu Hause bekommen, doch aufgrund einiger Komplikationen, die sich schon während der Schwangerschaft abzeichneten, musste die Geburt im Krankenhaus stattfinden. Sie suchten ein kleines Krankenhaus mit einer Geburtenabteilung, die einen hervorragenden Ruf hatte, in der Nähe ihres niederösterreichischen Heimes aus. Als es losging, trafen wir uns direkt dort im Kreißsaal. Weil es stundenlang keinen Geburtsfortschritt gab, entschieden wir uns, dass die kleine Sophie per Kaiserschnitt geholt werden solle. Zuerst schien bei dem operativen Eingriff alles gut zu gehen, doch nachdem das Kind geboren war, kam es zu einem seltenen Notfall. Die Plazenta ließ sich nicht lösen, sie war an vielen Stellen mit dem Uterus verwachsen. Die zuvor noch so entspannten Geburtshelfer wurden nervös und auch ich hatte ein solches Vorkommnis erst einmal in meiner Laufbahn gesehen.

Brigitte wurde in ein großes Wiener Krankenhaus gebracht, ihr Leben hing zeitweise am seidenen Faden. Nach einigen Wochen, zwei experimentellen Behandlungen und einer weiteren schweren Komplikation musste ihr der Uterus entfernt werden. Ein schwerer Schlag für das Paar, das ein Haus mit vier Kinderzimmern besaß und den großen Wunsch hegte, sie alle mit Babys zu füllen.

Ein Jahr nach Sophies Geburt hatten sich die beiden soweit gefangen, dass sie nicht mehr bei jedem vorbeifahrenden Krankenwagen zusammenzuckten. Brigitte und Serge ging es körperlich und seelisch nach vielen Stunden bei einem Trauma-Coach soweit gut. Sie lernten, recht gefasst über das Erlebte zu sprechen und betonten, die heftige Geburt ihrer Tochter gut in ihr Leben integriert zu haben.

Sie waren glücklich mit Sophie. Und trotzdem fehlte etwas, wie Serge mir gestand, als er an meinem Laptop herumwerkelte. Er konzentrierte sich darauf, was seine Hände machten, schaute nicht auf zu mir, schraubte an dem Gerät herum und die Worte sprudelten aus ihm heraus. Seine anfängliche Überforderung damit, seiner Brigitte nicht helfen zu können:

„Sie war so longe allein in dem großen Krankenhaus, ist immer weißer geworden, malade gewesen, so krank ...“

Jeden Tag versuchte er, seine Frau zu sehen, in dem über eine Stunde weit entfernten Spital. Um Sophie kümmerten sich die Nachbarn in der Wohnsiedlung abwechselnd.

„Dass alle so nett waren, diese Hilfe von die allen ...“

Serge meinte tief berührt, er hätte diese Zeit sonst nicht überleben können. Auch bei mir bedankte er sich, denn ich hatte Sophie ein paar Mal übernommen, war mit ihr vor dem Wiener Spital spazieren gegangen, damit er bei Brigitte sein konnte. Zudem redeten wir einige Male gemeinsam mit den Ärzten. Serge setzte das Ersatzteil in meinen Computer, als er sagte:

„Wie sie dann zu Hause war, endlich – das war ein Gefühl, als würde meine Herz zerspringen, als wäre ich neu geboren und zum erste Mal auf diese Welt.“

Er meinte, dass sie sich schnell zurechtgefunden hätten als Familie und Brigitte nach einer Psychotherapie wieder Vertrauen in ihren Körper gefunden hatte. Serge klappte meinen Laptop zu, sah mich an und wir hatten beide Tränen in den Augen.

Darum war ich zwar sehr überrascht, aber auch sehr neugierig, als Brigitte mich anrief und mit den Worten begrüßte:

„Hallo Margarete, wir brauchen eine Hausgeburtshebamme.“

Brigitte hatte vor Kurzem begonnen, sich ehrenamtlich um junge Mütter zu kümmern, die bei der Geburt Beistand von Frauen brauchen konnten, die bereits mit der Situation einer Geburt Erfahrung hatten. Sei es für die Begleitung bei Arztbesuchen, als Partnerin im Geburtsvorbereitungskurs oder auch bei der Geburt selbst.

In mehreren Krankenhäusern in Niederösterreich und Wien werde das Projekt angeboten, meistens handle es sich um Schwangere im Teenie-

Alter, die das Angebot wahrnehmen würden. Eine Jungmama aus der Serie „Teenager bekommen ein Kind" wurde als Erste von Brigitte unterstützt; und das, obwohl diese werdende Mama einen wahren Geburtsprofi an ihrer Seite hatte, den Siebenfach-Papa O., einen der bekanntesten Darsteller des TV-Formats.

Nun, so führte Brigitte am Telefon aus, habe sie eine Schwangere mit besonderen Wünschen vermittelt bekommen. Die junge Frau strebe eine Hausgeburt an.

„Darum rufe ich dich an, Margarete. Ich habe Seline über meinen Arzt kennengelernt, sie ist Studentin, macht ein Auslandsjahr hier und hat sonst niemanden. Weißt du, woher sie kommt? Aus einem Vorort von Paris, gleich in der Nähe von dort, wo ich aufgewachsen bin! Wir haben uns sehr gefreut, als wir diese Gemeinsamkeit bemerkt haben."

Seline meldete sich ein paar Tage darauf bei mir, wir trafen uns vor einem Kaffeehaus in der Nähe der Wirtschaftsuni. Sie studierte Finanzwesen und bereitete sich gerade auf einige wichtige Prüfungen vor, wie sie mir erzählte. Es war ein warmer Herbsttag, goldenes Licht wurde von ein paar wilden Winden durchstöbert, die bunte Blätter von den Bäumen rauschen ließen.

Statt uns hinzusetzen, beschlossen wir, im Prater spazieren zu gehen. Seline war eine große, dunkelhaarige Frau, die weich und weit mit ihren Armen gestikulierte, wenn sie sprach. Sie hatte einen leichten französischen Akzent und schnippte mit den Fingern der rechten Hand, wenn ihr einmal das richtige Wort nicht sofort einfiel.

Sie erzählte mir von ihrem ganzen Leben, wie Freundinnen gingen wir nebeneinander her. Immer wieder wollte sie auch von mir etwas wissen: Wieso ich Hebamme geworden sei, was mir an der Arbeit besonders gefalle und schließlich, wie es sich für mich anfühle, selber Mutter zu sein. Als ich von meinem Sohn Archie erzählte, von seiner Geburt und den ersten Lebensjahren, hörte Seline besonders aufmerksam zu.

Wir gingen gerade am legendären *Toboggan* vorbei, der ältesten Holzrutsche seiner Art, da deutete sie auf die Attraktion:

„Genauso fühlt es sich an, schwanger zu sein – im Kreis immer höher und schneller rauf und dann höllisch schnell hinunterrutschen, bis man keine Orientierung mehr hat."

Die junge Frau begann über ihre Schwangerschaft zu erzählen. Dass sie eine wunderschöne, kurze Affäre mit dem Vater des Kindes gehabt hatte

– Evgenyi, ein Balletttänzer aus der Ukraine. Sein Klassisch-Contemporary-Ensemble feierte Erfolge auf der ganzen Welt, die Tournee war in Wien zu Ende und danach machte er zwei Wochen Urlaub hier. Seline und er hatten sich über Freunde kennengelernt und es war ein „Coup de Foudre", Liebe auf den ersten Blick gewesen. Es war ein „Kabumm" der erotischen Anziehung, erzählte Seline lächelnd, wohlig und ganz wild gestikulierend.

Sie besuchte seinen letzten Auftritt und spürte das Prickeln zwischen ihnen über zahlreiche Zuschauerreihen hinweg.

„Ich sprang auf, mitten im Stück, weil ich nicht mehr sitzen konnte, ich glühte, alles kitzelte, mein gesamter Körper."

In der Pause klopfte sie an seine Garderobentür und er machte ihr auf. Ohne ein Wort zu sagen, küssten sie einander, zogen sich aus, liebten sich am Schminktisch, bis sein Schweiß überall an ihr klebte und ihrer an ihm, und sein Make-up sich auf ihre Haut geschmiert hatte. Seline grinste, als sie Details verriet: Dass ihr Po ganz rot gewesen war, weil sie auf einem Lippenstift gesessen hatte, und dass er die Schlussverbeugung verpasst hatte, weil sie da noch zugange waren. Sie zogen sich Kostüme an, lachend, wieder küssend und schlichen sich aus dem Hintereingang des Theaters. Beide trugen sie weiße Leinenhemden und schwarze Kniebundhosen, hatten Hüte mit Federn auf dem Kopf, als sie in die warme, dunkle Nacht liefen.

„Es war wie dieser alte Film, ‚Before Sunrise', wo die zwei Liebenden eine ganze Nacht in Wien unterwegs sind – aber viel schöner, es war unwirklich schön", erzählte Seline, und da merkte ich erst, wie viel jünger sie war als ich. Der Film mit Julie Delpy und Ethan Hawke ist 1995 erschienen, im Jahr von Selines Geburt und meines ersten zarten Liebeskummers.

„Evgenyi und ich, wir waren auch hier im Prater, da haben wir uns Bierradi gekauft", deutete die Studentin auf das Schweizerhaus und das Ausgabefenster neben dem Eingang. Eine Rose habe sie ihm geschossen, er ihr Zuckerwatte gekauft.

„Wir rannten durch die Stadt und landeten nach Stunden am Himmel ... und wie es himmlisch war dort oben mit Blick über ganz Wien! Wir liebten uns, bis es Morgen wurde. Wie kitschig ist das denn? Jetzt, wo ich es dir erzähle – in Wirklichkeit war es einfach nur schön. Ich bin mir sicher, dass wir das Kleine dort oben gezeugt haben. Als unsere Körper den Himmel und die Sterne berührten. Wir waren am Himmel im Himmel in dieser Nacht."

Seline fasste sich zart an die Wölbung ihres Bauches, dann wischte sie sich eine Träne aus der Ecke ihres Auges:

„Magst du auch einen Bierradi, Margarete?"

Stumm setzten wir uns auf eine Bank und aßen die knackige Spezialität, tief in Gedanken versunken. Dann fragte ich sie, ob Evgenyi wisse, dass er Vater werde. Die Frau schüttelte den Kopf. Nein, und sie werde es ihm auch nicht sagen. Er sei heute hier, morgen dort.

„Beides wäre nicht passend. Wenn er bei mir wäre, dann nur wegen des Babys. Wenn er sich gegen uns entscheiden würde, dann würde er damit die ganze Magie dieser einen Nacht verleugnen. Und somit auch dieses zauberhafte Geschöpf."

Harte Worte für eine werdende Mutter, die sich im Idealfall nur auf die Schwangerschaft und Geburt, aber nicht auf philosophische Fragen der Existenz konzentrieren sollte. Ich war erstaunt über die Klarheit, mit der Seline einerseits ihr Baby liebte und andererseits in den nächsten Sätzen ganz deutlich machte, dass sie es nicht behalten wollte. Wir verblieben damit, dass ich gerne ihre Hebamme sein wollte, einige Fragen aber noch geklärt werden mussten. Komplett offen war nämlich, wo das Kind auf die Welt kommen sollte. Denn Seline lebte in einem Studentenwohnheim; ein ungewöhnlicher Platz, um ein Kind zu Hause zu gebären.

Die Monate der Schwangerschaft vergingen unauffällig, der werdenden Mutter ging es bis auf Rückenweh und Sodbrennen bestens. Brigitte und Seline trafen sich jede Woche, um über die Schwangerschaft und alles drumherum zu reden. Mittlerweile waren sie Freundinnen geworden, Vertraute sogar. Die werdende Mutter wünschte sich Brigitte an ihrer Seite, wenn das Kind geboren werde. Seline hatte niemandem aus ihrer Familie davon erzählt, schwanger zu sein.

Zu Weihnachten täuschte sie schweren Herzens eine Lebensmittelvergiftung vor, um nicht nach Frankreich reisen zu müssen. Als ihre Mutter am zweiten Weihnachtsfeiertag bei ihr vor der Tür stand, ging gerade noch alles gut, indem Seline während des ganzen Besuches unter der Bettdecke blieb und Übelkeitssymptome simulierte. Ein schwieriges Unterfangen und es schlug Seline aufs Gemüt. Sie meinte traurig zu mir, Lügen zu verabscheuen, aber auch, dass ihre Mutter es einfach nicht verstehen könne. Dass sie das Kind nicht behalten wolle, würde keiner aus ihrer Familie jemals gutheißen. Vorsichtig fragte ich sie, ob sie denn sicher sei? Sie entgegnete entschlossen, ihre Entscheidung schon vor dem zweiten Stricherl am Schwangerschaftstest getroffen zu haben. Sie wolle Karriere machen im Finanzwesen, ein paar Jahre in London arbeiten, später vielleicht in New

York. Mit Kind würde es schon irgendwie gehen, sicher, aber es wäre einfach nicht lustig, weder für das Kleine noch für sie.

Ich hätte sie nicht danach gefragt, da beantwortete sie mir, warum sie das Kind nicht abtreiben lassen wollte:

„Das hab ich mir zuerst überlegt, das Ganze war zugegeben schon ein Schock. Doch dann stellte ich mir vor, das Kind, es war ein Mädchen, würde in einer Familie aufwachsen, die es liebt mit einer Wuchtigkeit, die an die rankommt, wie es entstanden ist. Voll und ganz ohne Kompromisse. Und so war es dann klar für mich, es muss leben!"

Im Laufe der Schwangerschaft hatten wir ausgemacht, Seline könne das Kind bei mir in der Wohnung gebären, wenn sie das wolle. Sie ging nicht wirklich darauf ein, meinte immer nur, dass sich alles finden würde.

Eines Nachts bekam ich einen Anruf von Brigitte, sie sei am Weg zu Seline, die nun das Baby bekomme, ich solle bitte auch aufbrechen. Etwas irritiert, wieso sich die werdende Mutter nicht bei mir zuerst gemeldet hatte, schnappte ich meine Hebammentasche und setzte mich ins Auto. Nach einer Viertelstunde parkte ich vor dem Studentenwohnheim. Ich rief Brigitte an, bat sie im Flüsterton mich hereinzulassen, die ganze Aktion fühlte sich sehr geheim an. Zusammen schlichen wir durch Stiegenhaus und Gang, als wir plötzlich ein lautes: „Hallo" zu hören bekamen. Ich drehte mich um und zwei junge Männer grinsten uns an.

„Medizinstudentinnen, stimmt's?", zwinkerte einer von ihnen uns zu. Der andere meinte:

„Zur Party geht's hier entlang."

Dann stießen sie mit ihren Weingläsern an. Schwer konnte ich mir ein Lachen verkneifen, Brigitte schmunzelte ebenso, doch ich lehnte höflich ab:

„Wir müssen noch was lernen mit einer Studienkollegin ... weibliche Anatomie unter der Geburt. Gerne sind wir das nächste Mal dabei."

Kichernd wie Erstsemester trafen wir bei Seline im Zimmer ein. Sie veratmete gerade eine Wehe, war schon sehr in einer Geburtstrance. Nach einiger Zeit untersuchte ich die junge Frau und stellte fest, dass der Muttermund schon fast verstrichen war. Brigitte raunte mir zu, Seline habe schon seit letzter Nacht Wehen, aber erst jetzt wollte sie jemanden bei sich haben. Das war eine recht lange Zeit. Ich überprüfte die Herztöne des Kindes, sie waren gut hörbar und unauffällig.

Nach einer sehr fordernden Übergangsphase, in der die Studentin schnaubte und kreischte und die ihr alle Kraft abverlangte, dauerte die letzte

Etappe der Geburt nur wenige Wehen lang. Die Lautstärke der Party hatte sich dabei als sehr praktisch erwiesen, denn so hatte keiner etwas von dem mitbekommen, was in Selines Zimmer geschehen war.

Seline gebar ein kleines Mädchen, wie sie es in ihrem Traum gesehen hatte, um Punkt zwölf Uhr Mitternacht. Ich wollte ihr das Baby gerade auf die Brust legen, da wehrte es die junge Frau mit beiden Händen ab. Sie nahm Brigittes Hand, große Tränen rollten über ihre Wangen, als sie die Frau fest und entschlossen zu sich zog und meinte:

„Das soll ihre Maman sein. Brigitte, ich will, dass du die Mutter meiner Tochter bist!"

Brigitte begann zu weinen, ganz leise, und fragte immer wieder, ob das ein Scherz sei. Nein, natürlich nicht, meinte Seline, niemals. Dann wurde es still. Einen Moment lang blieb die Zeit stehen. Brigitte sah mich an, ich sah Seline an, Seline schaute das Kind an, lächelnd und nicht mehr weinend.

Die junge Mutter durchbrach das Schweigen:

„Margarete, kannst du bitte vermerken, dass sie am 31. März um 23.59 und 59 Sekunden geboren wurde? Sie ist nämlich kein Aprilscherz. Sie ist ein echtes, ganz wunderbares Geschöpf, mit echten, wundervollen Eltern!"

Seline strich ihrer Tochter über die Wange, flüsterte ihr zu:

„So sieht es aus, wenn die Liebe den Himmel berührt, vergiss das nie, du Zauberwesen!"

Dann nahm sie Brigittes Hände und legte sie um das Kind. Brigitte zitterte am ganzen Körper, als sie das kleine Mädchen schließlich in den Armen hielt. Wir saßen noch ganz lange zusammen in dem kleinen Zimmer, wir vier, nachdem ich Selines wenige Schürfwunden mit ein paar Stichen versorgt hatte. Ich selbst hatte nur vage eine Ahnung, wie eine Adoption rechtlich verlaufen würde – ging das überhaupt, dass sich die leibliche Mutter eine spezielle Familie wünscht?

Brigitte und Seline kümmerten sich nicht darum, sie schienen sicher zu sein. Die eine Frau wegen ihres Entschlusses. Die andere wegen des unverhofften Geschenks.

„Ich möchte sie gerne Seline nennen, darf ich?", flüsterte Brigitte unter Tränen der Mutter ihrer Tochter zu.

„Das wäre schön, ja. Magst du sie als zweiten Namen Evgenia oder Eugenie nennen, damit sie auch was vom Papa hat?!"

Brigitte lächelte und konnte die Augen von ihrem großen Glück nicht abwenden. Als die kleine Seline zu schmatzen begann, bat mich die große

Seline, Milch zuzubereiten – sie hatte Milchpulver und Fläschchen besorgt sowie Kleidung für die Kleine und ein Hauberl. Die Studentin schien das Szenario lange geplant zu haben. Nach drei Stunden verließen wir die große Seline auf ihren ausdrücklichen Wunsch hin zu dritt. Sie musste mir versprechen, gleich nach dem Aufwachen anzurufen, damit ich zum ersten Nachsorgebesuch kommen würde.

Brigitte hielt die kleine Seline fest im Arm, als wir uns den Flur hinabschlichen. Plötzlich tauchten die Studenten, die uns zuvor schon begegnet waren, wieder auf. Deutlich angetrunken lachten sie und sprachen uns etwas wirr an. Ob wir vielleicht jetzt mitkommen wollten auf die Party. Dann erspähte einer der beiden die kleine Seline und erschrak:

„Komm Ralf, gemma schlafen, ich glaub die Party dauert viel zu lang schon, die waren ja vorher grad noch zu zweit!"

Brigitte hörte gar nicht hin. Sie konnte die Augen nicht von der Kleinen lassen. Immer wieder meinte sie zu mir, ich solle sie kneifen. Das könne doch alles nicht wahr sein. Sie müsse wohl träumen! So viel Glück. Das habe sie gar nicht verdient, meinte Brigitte, das erste Mal wieder aufschauend. Doch, entgegnete ich und lächelte Mutter und Tochter an. Mehr brachte ich nicht raus, denn ich kämpfte auch mit den Tränen, ein paar kleine waren mir schon über die Wangen gelaufen.

Vor dem Studentenwohnheim wartete schon Serge auf die beiden. Er hatte, von Brigitte erbeten, eine Babyschale mitgebracht. Als er den Säugling in den Armen seiner Frau sah, musste auch er weinen und verstand, was das zu bedeuten hatte. Brigitte kreischte den Namen ihres Mannes und auf Französisch sprudelten Worte der Freude und alles, was sich gerade ereignet hatte, aus ihr heraus.

Ich war mir ziemlich sicher, dass in dieser Nacht nur die kleine Seline schlafen würde; Brigitte und Serge wirkten viel zu aufgekratzt, um auch nur ein Auge zumachen zu können. Nach einem Moment der Stille legten sie die kleine Seline zusammen unendlich sorgsam in die Schale, schnallten sie gut an und fuhren langsam davon.

Ich schaute ihnen noch lange nach.

Am nächsten Morgen war ich schon um halb zehn wieder bei Seline im Studentenwohnheim. Die Studentin hatte gut geschlafen, aber nun spannten ihre Brüste leicht und sie wollte wissen, wann der Milcheinschuss kommen würde. Ich besprach mit ihr mehrere Optionen, zum Beispiel dass sie ihre Muttermilch abpumpen könne. Sie entschied sich aber dafür, gar nicht erst mit dem Stillen anzufangen, und so legte ich ihr den mitgebrachten Topfen zum Kühlen auf die Brust.

„Du hast das schon lange geplant, dass die Kleine zu Brigitte und Serge kommen soll, oder?", fragte ich sie.

Seline nickte und erklärte, schon vor Monaten die rechtlichen Umstände mit einem Notar geklärt zu haben. Es sei alles nicht ganz wasserdicht, weil sich immer etwas ändern könne durch das Jugendamt, aber damit sei nicht wirklich zu rechnen.

„Wer die zwei kennt, der weiß, dass sie einfach dafür gemacht sind, Kinder zu haben!", lächelte mich die junge Mutter an. Zudem bestünde so die Chance, mitzubekommen, wie die kleine Seline aufwachse.

„Weil, neugierig bin ich ja schon, wie sie sein wird, wenn sie in die Schule kommt, was sie gerne macht, ob sie musikalisch ist oder sportlich ... Für Brigitte ist das sicher okay, dass ich ein bisschen was erfahre über die Kleine. Und wenn nicht, würde es noch immer die richtige Entscheidung sein."

Ich bewunderte Seline für diesen klaren Entschluss. Ein bisschen tat es mir trotzdem weh, dass sie nicht die Mutter sein wollte für ihre Tochter. Doch sie hatte das zweitbeste Szenario gewählt. Wieder schien die junge Frau meine Gedanken zu kennen und meinte:

„Persönlich hat Brigitte nie etwas erwähnt, in all den Monaten nicht. Aber ich hab ihre Geschichte in ,Zu Hause geboren' gelesen. Was nach der Geburt von Sophie passiert ist, das hat mich ganz tief berührt. Das Buch steht im Warteraum von meinem Arzt und ich habe diese Worte nicht vergessen können, dieses Schicksal von Brigitte, einfach unglaublich. Da war ich mir sicher, sie sind die Richtigen, um mein Baby aufzuziehen."

Tatsächlich sollte rechtlich alles gut gehen und Brigitte und Serge die Eltern der kleinen Seline werden dürfen, mit Brief und Siegel. Sie lebt nun in einem bunten Zimmer neben dem bunten Zimmer ihrer Schwester Sophie. Zwei weitere Kinderzimmer standen nur noch eine kleine Weile leer.

Ich besuche die Familie immer wieder, denn irgendwann sind wir Freunde geworden. Die große Seline gehört ebenso zu diesem Kreis, auch wenn sie nicht da ist. Bis ihre Tochter etwas älter ist, wünscht sie sich nur gelegentliche Updates mit Bildern von Brigitte. Die bekommt sie regelmäßig und sehr gerne gesandt.

Wenn die Kleine nach ihrer Herkunft fragt, soll es ein Treffen geben zwischen der großen und der kleinen Seline, das hat sich Brigitte gewünscht.

Die große Seline arbeitet derzeit in London, wie sie es geplant hat. Wenn wir uns schreiben, betont sie immer wieder, wie klein ihre Wohnung ist, und dass ein Kind sich hier nicht wohlfühlen würde. Sie datet einen Tänzer, doch es ist nur etwas Lockeres, nicht so wie damals mit Evgenyi.

Im Sommer wird Evgenyi mit seinem Ensemble einige Wochen in London gastieren; er hat sie über Facebook angeschrieben, ob sie sich dann sehen wollen. Er kennt London nicht so gut und würde sich über eine Stadtführung freuen. Seline überlegt noch, was sie ihm zurückschreiben soll ...

ALMA

Dieser Hirtenfamilie musste ich nachreisen, denn
sie bleibt nicht lange am selben Fleck.

Arghhhhhhhhhhhhhhhhhhhhhhhhhhh - - - und dann brüllte ich das ordinärste Schimpfwort in die scheidend-eisige Jännernacht, das mir momentan in den Sinn kam. Gefolgt von einem einzigen Aufschrei.

Stille. Nichts als Stille und Weite und … Schnee. Ich musste mich ganz unglaublich ärgern, wobei ich damit gerechnet hatte, dass es passieren würde. Mit meinem kleinen Flitzer steckte ich im Schnee fest. Toll. Was sollte ich jetzt machen? Kein Handyempfang. Keine Ahnung, wo genau ich war. Doch eine sehr deutliche Ahnung, dass Alma ihr Baby bald gebären würde.

Vor einer halben Stunde hatten wir zuletzt telefoniert und da war ihr Schnaufen schon recht kräftig gewesen, die Wehen seit einiger Zeit regelmäßig. Würde ich es noch rechtzeitig schaffen? Ich öffnete die Autotür und war schnell wieder mit mir im Reinen. Denn die Natur hier draußen war überwältigend. Schnell sog ich die kalte Luft in meine Nasenlöcher, genoss die Frische und die Schönheit des Anblicks von – relativ wenig Umgebung: Eine verschneite Straße, ringsherum Felder, weiße Hügel.

Ich setzte mich in Bewegung, in der Hoffnung, bald wieder Handyempfang zu haben oder ein bewohntes Haus zu finden. Nach einer halben Stunde war mir richtig warm und ich spürte die Anstrengung in meinen Beinen; bei jedem Schritt sank ich bis zu den Knien ein. Zum Glück hatte ich meine warmen, weichen Winterstiefel angezogen.

Nach weiteren 30 Minuten war ich endlich bei einem Haus angekommen. Es war ein Hof mit Traktor, Ställen und einem sehr schnuckeligen alten Bauernhaus. Ich klopfte an die Türe. Nichts. Dann noch einmal, etwas fester, weil ich Stimmen im Inneren der Behausung vernahm. Die Türe wurde aufgerissen von einer runden kleinen Frau, die freundlich lächelte.

„Guten Abend, es tut mir sehr leid, dass ich Sie so spät störe, aber ich habe keinen Telefonempfang und bin auf der Straße mit meinem Auto stecken geblieben im Schnee …"

Die Frau wies mich energisch an, erst einmal zum Aufwärmen in die Stube zu kommen:

„Kummens eini. Sie schaun ja ganz blau aus im Gsichterl."

Und schon hatte ich einen Platz zum Sitzen und einen Tee vor mir stehen. Ich erklärte die missliche Lage, meinte, mein Auto würde sich nicht von der Stelle bewegen und müsse aus dem Schnee gezogen werden.

Da ließ die Frau einen Brüller los:

„Seeeeeeppl!"

Ein junger Bursche erschien aus dem Nebenzimmer, er wirkte schon etwas müde und wurde von der Frau, Bäuerin Eulalia, wie sie sich mir vorstellte, angewiesen, mein Auto abzuschleppen.

„Macht das denn keine Umstände?", wandte ich mich an sie, heilfroh, wie schnell sich eine Lösung ergeben hatte.

„Geh", tat Eulalia meine Frage ab. „Das passt schon guad."

Dann musterte sie mich und fragte, wohin ich in der Nacht unterwegs sei.

„Zu einer Geburt. Hoffentlich schaff' ich es noch rechtzeitig ...."

Eulalias Gesicht schien noch runder und noch freundlicher zu werden, ihre roten Backerl noch mehr zu strahlen:

„Ein Butzerl wird heute geboren, ja mei, wie schön!"

Sie schlug die Hände zusammen, dann drehte sie sich zur Anrichte, nahm zwei Stamperlgläser heraus und schenkte eine braune Flüssigkeit hinein:

„Ein Nusserner, zur Feier des Tages!"

Ich roch am Schnaps, der aus Nüssen gebraut war. Er schien sehr mild zu sein, roch köstlich nach Zimt, Nelken und Vanille. Doch da ich im Dienst war und während meiner ganzen Rufbereitschaft nicht einmal ein Schlückchen trinke, stellte ich den Schnaps wieder auf den Tisch. Meinen Blick deutete die Bäuerin richtig, nahm das Stamperl und schüttete den Nusserna in ihren Mund:

„Versteh' ich schon, die ganze Konzentration muss da sein fürs Kindelein, recht so!"

Ich bat Eulalia, ihr Telefon für einen Anruf benutzen zu dürfen, und rief bei Alma an. Ihr Mann Xandl hob ab und ich schilderte, was in den letzten zwei Stunden passiert war. Er wirkte recht entspannt, obwohl ich Alma im Hintergrund schon laut tönen hörte. In einer Wehenpause rief sie mir zu, sie käme gut zurecht mit der Geburt.

Eulalia redete auch ins Telefon, meinte, Seppl würde mich dann zu ihnen hinfahren, in einer halben Stunde sei ich vor Ort:

„Weit ist das wirklich nimmer", meinte Eulalia zu mir, als ich aufgelegt hatte. Trotzdem war ich ein wenig angespannt, wollte Alma nicht allzu lange alleine lassen. Es war zwar das zweite Kind der Frau, doch ihre erste Geburt hatte in einem Kaiserschnitt geendet. Sie hatte damals schon eine eigene Hebamme gehabt und eine Hausgeburt angestrebt, doch meine Kollegin verlegte sie schließlich in ein Krankenhaus. Dort wurde nicht mehr viel herumprobiert, sondern recht schnell eine Schnittgeburt angewiesen.

Alma galt also als Status post Sectio-Gebärende und darum war ich wegen meiner Verspätung ein kleines bisschen unruhig. Zwar waren HBACs – die englische Abkürzung für Hausgeburten nach Kaiserschnitt – mittlerweile fast so etwas wie meine Spezialität, doch hatte ich eine Regel für diese Art der Betreuung: Ein bisschen früher kommen, ein bisschen länger bleiben.

Ich war in Gedanken versunken, als die Bäuerin in eine Ecke zeigte. Dort stand eine wunderschöne, über und über mit Schnitzereien und kunstvollen Bemalungen verzierte Kinderwiege.

„Vor 67 Joar und drei Monat bin ich da drin glegen."

Die Wiege, so meinte sie, sei schon über 150 Jahre alt und alle Neugeborenen hätten zumindest ein paar Schlaferl darin gehalten. Das brachte von jeher Glück, denn seitdem es dieses Bettchen gäbe, wurde nie wieder ein Kind ernstlich krank im Säuglingsalter.

Dann sprang die Bäuerin plötzlich auf, meinte, sie sei umgehend wieder da: Eulalia ließ es sich nicht nehmen, mit einem großen, prall geschnürten karierten Geschirrtuch aus der Küche zu kommen. Sie hatte der werdenden Mutter Speck, Eier und Brot eingepackt, damit diese „im Wochenbett wieder rasch auf d' Beine kommt!"

Im gleichen Moment hörte ich von draußen eine Männerstimme:

„Frau Hebamm', kommen S' bitte raus, wir können fahren."

Gerade noch hatte ich Eulalia zum Abschied umarmt, im nächsten Moment schon saß ich mit Seppl am Traktor, am Schoß das große Jausenpackerl, hinter uns mein Auto auf einem Anhänger und los ging die wilde Fahrt. Nach 20 Minuten erreichten wir das Ziel. Schon von weiter weg konnten wir die zwei Wohnwagen erkennen.

Alma und Xandl waren Schäfer, die in ganz Niederösterreich umherzogen und vom Verkauf von Schafwolle und dem Fleisch der Tiere lebten. Zwei Wochen früher oder eine Woche später und ich hätte sie an einem gänzlich anderen Platz angetroffen.

Bei Seppl bedankte ich mich ganz herzlich für seine große Hilfe mit meinem Auto. Den Geldschein, den ich ihm für seine Umstände anbot, wollte er, fast schon brüskiert, nicht annehmen. Er wünschte mir eine „Schöne Geburt, wenn man das so sogt!" und verschwand tuckernd in der Dunkelheit.

Endlich da bei Alma! Ich klopfte an der Wohnwagentür und die kleine Mira öffnete mir die Tür. Die Zweijährige war seit Beginn der Geburt bei ihrer Mutter gewesen, manchmal spielte sie in einer Ecke des Wohnwagens, manchmal kurz draußen im Schnee, erzählte mir Papa Xandl, der hinter ihr stand. Mira war, bis auf eine Unterhose, nackt! Alma saß mit angezogenen Beinen am Bett und veratmete gerade eine Wehe.

„Hallo Margarete. Ja, ich weiß, was du jetzt denkst, aber darum hat die Mira ein so gutes Immunsystem. Die spielt immer halbnackert im Schnee, ihr macht das gar nichts aus!"

Also beschloss ich, cool zu bleiben, und widmete mich Alma. Ich tastete zuerst ihren Bauch ab, dann hörte ich die kindlichen Herztöne an. Schließlich, mehr auf Almas Vorschlag hin, untersuchte ich die Frau vaginal. Der Muttermund war schon fast verstrichen. Alma suchte sich eine bequeme Position, in der sie gut zum Atmen kam, tönte die Wehen durch und sagte sich in den Pausen schlagwortartige Mantras für die Geburt vor:

Weich. Weit. Offen. Komm. Hier. Jetzt. Liebe. Licht.

Sie wechselte zwischen der tiefen Hocke und dem Vierfüßlerstand ab. Diese Bewegung schien den Kopf des Kindes optimal im Becken zu platzieren und immer tiefer Richtung Ausgang dringen zu lassen. Die Wehen wurden intensiver, mittlerweile hielt sich Alma immer wieder im dichten Schafsfell fest.

Die Geburt schritt voran, Alma war in der Übergangsphase angekommen, dem „point of no return", in dem absolute Hingabe und Loslassen das Ziel ist. Es gelang ihr optimal, sich auf diese Etappe und dann gleich die letzte einzulassen. Nur eine Stunde nach meiner Ankunft verspürte die Schafzüchterin einen starken Drang zu schieben. Dafür ging sie am Bett auf die Knie, Xandl in der gleichen Position vor ihr. Sie schlang die Arme um seinen Hals, um optimal Halt zu haben. Mann und Frau atmeten im selben Rhythmus, stießen die gleichen Töne aus, stöhnten unter der Anstrengung. Sie verschmolzen noch einmal kurz so miteinander, wie es bei der Zeugung der Fall gewesen sein musste. Sie vereinigten sich, ein wunderschöner, intimer Augenblick, zwei Menschen so nah wie nur irgendwie möglich.

Unter der Wehe ließ Alma sich immer wieder leicht nach unten sinken, um kraftvoll mitpressen zu können. Bald war das Köpfchen geboren. Dann der Rest des Körpers. Flutsch, und ein kleiner Bub landete in den Händen seines Vaters. Er hatte ein Büschel dunkler Haare am Kopf und schien gleich die Augen aufmachen zu wollen. Nachdem die Plazenta problemlos geboren war und ich keine Verletzungen außer zwei kleiner Schürfwunden an der Vagina erkennen konnte, die nicht weiter versorgt werden mussten, kuschelten sich Alma, Xandl, Mira und der kleine Momo unter ein riesiges Schaffell. Die kleine Schwester war aufgeregt, konnte nicht aufhören immer und immer wieder „Baby" zu schreien und ihrem Bruder die kleinen Händchen zu busseln. Dem schien es zu gefallen, nun hier auf dieser Welt überschwänglich begrüßt zu werden.

Alma sah mir lange in die Augen und fragte mich schließlich:

„So einfach kann das sein, eine Geburt ... So unaufgeregt, echt jetzt? Danke, Margarete!"

„Alma, das warst alles du!"

Sie nahm meine Hände und drückte sie fest. In ihrem Augenwinkel glitzerte eine Träne. Dann meinte ich zu ihr:

„Alma, eine Herausforderung hast du noch zu meistern – Du hast ja gesagt, ihr habt kein warmes Wasser hier im Wohnwagen."

Wie sie es sich vorgenommen hatte, spritzte sich Alma die blutigen Beine mit dem Gartenschlauch ab, auf der Wohnwagentreppe, von Xandl gestützt stehend. Sie musste dabei nicht einmal die Zähne zusammenbeißen, lächelte und kommentierte, wie gut das sicher für ihr Bindegewebe sei. Ein Hoch auf das High einer Geburt!

Immer wieder berührt es mich tief, wie glücklich Frauen wie Alma darüber sind, wenn sie eine normale Geburt erleben dürfen. Wie selbstverständlich und dankbar sie jede mögliche Annehmlichkeit eines Spitals gerne eintauschen gegen ein Erlebnis, das abläuft, wie es sich die Natur gedacht hat.

Zusammen aßen wir den Speck, das Brot und die gekochten Eier. Xandl holte noch eine Flasche des selbstgemachten Schafmilchlikörs heraus, den er mir – zur Feier des Tages – schenkte.

In der Früh verließ ich die Familie, ich hatte dieses Mal ein wenig länger gewartet. Doch nicht wegen der Status-Post-Sectio-Frau, die hätte die Geburt auch ohne mich bestens geschafft. Sondern weil ich nicht ein weiteres Mal mit meinem Auto im Schnee steckenbleiben wollte. Am rutschigen Weg zur nächsten Bundesstraße schwor ich mir, wieder wie ein Rohrspatz vor mich hinschimpfend, mein nächstes Auto würde bestimmt eines mit Allradantrieb sein.

Und, that's Hebammenlife, ich habe den Schwur trotz einigen weiteren Schimpftiraden bis heute, zwei Autos später, nicht eingelöst ...

Z.

Noch immer bekomme ich Gänsehaut, wenn ich an Z.
denke. Und manchmal werde ich auch wütend, sehr wütend,
wenn ich mir ihre Geschichte in Erinnerung rufe.

Am Weg nach Hause von einer Fortbildung kam ich in einen Regenschauer. Der Himmel tat sich auf und es machte ein riesiges Platsch, vermischt mit ein paar Hagelkörnern und viel kaltem Wind. Von der Straßenbahnstation bis zu meiner Wohnung rannte ich, doch ohne großen Effekt – die Natur war stärker: Die Jacke triefte, meine Haare hingen in feuchten Strähnen auf meine Schulter herab und in den Schuhen machten meine Füße komische Geräusche, weil sie unter Wasser standen. Zwei Gedanken hatte ich dazu, als ich mich aus meinem Gewand, das an mir klebte wie eine zweite Haut, schälte: Badewanne und Tee.

Als ich meine Zehen in das rosig duftende Ölbad gleiten ließ, stellte sich ein wohliger Schauer ein. Schwupps und ich lag komplett darin. Kurz war alles still. Um mich herum und in mir. Keine Fälle, die mich beschäftigten, kein Nachdenken, kein Grübeln. Nichts.

Als Archie zehn Minuten später mit einer Tasse Kurkuma-Tee ins Bad kam, war es wieder vorbei mit der Ruhe.

„Mama, ich hab dir dein Handy mitgebracht, zwei Mal hat es geläutet."

Es war ein besorgter baldiger Vater, das stellte sich an seiner Nachricht auf der Mobilbox heraus. Immer wieder sagte er:

„Test, Test, Frau Margarete. Nur ein Test!"

Ich rief ihn zurück und versicherte, dass mich seine Anrufe und die Nachricht erreicht hätten. Dann gab ich ihm zur Beruhigung noch meine Festnetznummer.

Gerade wollte ich das Handy schon weglegen, da leuchtete das E-Mail-Symbol auf. Kurz überlegte ich, es zu ignorieren, war dann aber doch zu neugierig. In dem auf Englisch verfassten Brief stand wenig zu lesen. Eine Frau, Z., suchte eine Hebamme für die Geburt ihres Kindes, sie sei im zweiten Monat schwanger. Ein Satz beschäftigte mich. Zum Schluss hatte sie geschrieben, dass ich eines wissen müsse: „I am cut", „ich bin geschnitten worden".

Kurz ging ich davon aus, dass sie gemeint hatte, sie habe bei einer vorherigen Geburt per Kaiserschnitt entbunden. Doch ich erinnerte mich, dass sie geschrieben hatte, dieses Baby sei ihr erstes. Die Erkenntnis kam langsam, kroch mir, die ich da so schön im warmen wohligen Wasser lag, eiskalt den Rücken entlang, hoch bis zum Nacken. Plötzlich wusste ich, was sie mit ihren Worten umschrieben hatte. Z. war nicht bei einer Geburt oder Operation geschnitten worden. Sie wurde, wahrscheinlich bereits als Kind, an ihren Genitalien verstümmelt.

Mein Wissen darüber war ein großer Zufall und einer Fortbildung geschuldet, die ich just an diesem Tag besucht hatte. Was ich dabei gehört hatte, war für mich – trotzdem ich als erfahrene Hebamme schon viel erlebt und gesehen hatte – schwere Kost. Das Seminar handelte von traumatischen Erlebnissen und wie sie sich in der Schwangerschaft manifestieren können. Die Vortragende, Elise, war die Schwester einer Kollegin und hatte sich einen Namen im Umgang mit solchen Fällen gemacht. Sie arbeitete viel mit traumatisierten Frauen zusammen, die Erlebnisse vor der Geburt aufarbeiten wollten.

Elise hatte eine mitreißende Art, konnte Fälle gut schildern und so berührte mich jede Beschreibung eines Traumas an diesem Tag tief. Sie erklärte, wie vorangegangene, vielleicht sogar schon aufgearbeitete Vergewaltigung und Missbrauch das Gefühlsleben einer werdenden Mutter erschüttern können. Eine Schwangerschaft ist auch psychisch eine besondere Situation, manches wird wieder an die Oberfläche geschwemmt. In ihrem Vortrag machte sie zudem deutlich, wie Geburtshelfer einer werdenden Mutter Halt geben können in triggernden Situationen. Elise erzählte auch davon, wie sie persönlich in der Schwangerschaft ihre früheren Essstörungen neu und auf eine ganz starke Weise erlebte:

„Diese Gefühle, diese vielen neuen Emotionen, die auf mich da einprasselten ... ja, ich fand, es hat sich wie ein heiß-kalter Regen angefühlt, bei dem ich keinen Unterstand finden konnte. Ich wusste einfach nicht, wohin damit. Darum habe ich selber ganz viel ausprobiert, was in der Fachliteratur zu finden ist, und mit Kolleginnen gearbeitet. Manchmal wurde es besser, dann wieder schlechter. Bis ich eine Möglichkeit für mich gefunden hatte, damit umzugehen."

Dass sie sich damals sehr allein damit gefühlt hat, veranlasste sie, sich mit dem Thema zu beschäftigen und ihre psychologische Ausbildung darauf auszurichten. Ihr Credo dabei: Viel zuhören, viel Geduld, wenig Druck, wenig nachfragen.

Am Ende des Seminars erzählte Elise uns von Frauen mit Genitalverstümmelungen, die sie betreut hatte. Es wurde still im Raum. Elise sprach langsam, wählte ihre Worte mit Bedacht. Als sie geendet hatte, weinte eine Teilnehmerin leise. Viele hatten den Kopf gesenkt. Manche hielten die Hand vor den Mund. Ich selbst kannte grob die Vorgehensweise bei diesen brutalen Verstümmelungen. Trotzdem konnte ich einmal mehr nicht fassen, was ich hörte. Dass man seit Jahrhunderten bis zum heutigen Tag gesunde Organe mit rostigem Werkzeug ohne Betäubung aus den Mädchen schnitt, überstieg meine Vorstellungskraft. Wie sehr ich bei jeder einzelnen Geburt versuchte, die sensiblen Körperstellen der Gebärenden mit allen mir möglichen Mittel zu schützen. Meine Achtsamkeit, das komplette Gegenteil zu einer Tradition, bei der junge Mädchen – normalerweise sind es noch Kinder – nicht selten sterben oder ihr Leben lang mit den extremen Folgen zurechtkommen müssen.

„I am cut" – Das musste Z. also gemeint haben mit dem Satz, plötzlich war ich mir ganz sicher. Ich entstieg der Badewanne und setzte mich an den Computer, wo ich zu recherchieren begann. Mehr als 200 Millionen Mädchen und Frauen leben weltweit mit Genitalverstümmelungen. 200 Millionen – ich konnte diese Zahl nicht fassen. Ich las darüber, dass, entgegen der herrschenden Annahme, Verstümmelungen nicht nur in afrikanischen Ländern vorkamen, sondern zum Beispiel auch in Nordamerika viele Jahrzehnte lang systematisch in Krankenhäusern betrieben wurden. Bis zum Ende der 1970er Jahre war es, zumeist streng gläubigen christlichen Eltern, möglich, ihre Töchter dort genitalverstümmeln zu lassen – manch eine Krankenversicherung zahlte sogar für diese perversen Eingriffe – in Amerika! Und ich fand auch heraus, dass diese Tradition von Einwanderern teils ebenso in Europa weitergeführt wurde.

Nach einigen Stunden hatte ich viel gelesen und schrieb Z. zurück. Ich schlug ihr ein Treffen vor und schon vier Tage später fand es statt. Am Weg von der U-Bahn spazierte ich über einen Markt, es war laut, bunt und lebendig dort, Männer und Frauen an den Ständen versuchten die vorbeiziehenden Massen zu überzeugen, ihre Waren zu kaufen, Kinder spielten Fangen, Mütter beäugten sie aufmerksam dabei.

Das Treiben lenkte mich ab, denn ich fragte mich schon den ganzen Tag, was mich bei diesem Hausbesuch erwarten würde: eine zerbrochene, traurige Frau? Je mehr ich über Genitalverstümmelung gelesen hatte, was sie physisch und psychisch bedeutete, desto weniger konnte ich mir einen derart verletzten Menschen vorstellen.

Mit gemischten Gefühlen betrat ich die Altbauwohnung im zweiten Bezirk. Hinter der Tür erschien eine kleine schlanke Frau in einem farbenfrohen Sarong aus Kitenge, einem traditionellen gemusterten Stoff, wie ich später erfahren sollte. Sie hauchte mir ein „Hello" entgegen und bat mich weiter. Wir nahmen am Boden auf Polstern Platz und tranken süßen Tee. Z. schien sehr gut über Schwangerschaft und Geburt Bescheid zu wissen, das merkte ich an ihren Formulierungen und Antworten auf meine Fragen. Sie sprach nicht viel, wählte ihre Worte mit Bedacht. Sie war in der 14. Woche und vor kurzem bei einem Arzt gewesen, der einen vaginalen Ultraschall machen wollte. Auf Englisch sagte sie, es hätte keinen Sinn gehabt, selbst wenn sie es zugelassen hätte.

„I am cut and it would have hurt, or didn't work at all."

Schließlich hätte der Arzt es am Bauch versucht und den Embryo gut sehen können. Z. lachte zum ersten Mal in meiner Gegenwart, als sie meinte, der Arzt habe Kiano, ihrem Ehemann, immer wieder böse Blicke zugeworfen:

„As if he would have been guilty."

Er habe keine Schuld daran, dass sie beschnitten worden sei, im Gegenteil. Eine seiner Schwestern konnte er vor dem Schicksal bewahren. Er sei traurig gewesen, als er ihre Verstümmelungen bemerkt habe.

„He did not touch me for a year."

Mit ihren Händen zeigte mir Z., wie ihre Vagina vernäht worden war und fragte mich, ob ich ihr helfen könne, normal zu gebären. Sie deutete anatomisch korrekt den Schnitt an, der zu machen sei, meinte, es würde stark bluten an der einen Stelle, aber schnell wieder aufhören. In ihrem Dorf habe es eine Hebamme gegeben, die klärte junge Frauen auf, wie sie mit ihrer Narbe umzugehen haben. Zudem sei Z. selbst schon bei einigen Geburten zugegen gewesen.

Ich fragte Z. vorsichtig danach, welche Erinnerungen sie an die Verstümmelung hatte, weil ich wissen wollte, mit welchem Grad von Schmerzen zu rechnen sei.

„The pain crept all inside me and then I was out for days."

Sehr klein sei sie gewesen, als der Eingriff bei ihr durchgeführt wurde, etwa fünf oder sechs Jahre alt. In ihrem Dorf glaube man daran, dass sich der Körper besser erhole, wenn man jung sei. Z. selbst hatte danach tagelang hohes Fieber, Wahnvorstellungen, wie sie sagte, und sogar eine Nahtoderfahrung.

„When I woke up, I first thought that I was dead."

Z. habe nichts gespürt, sich nicht mehr gespürt, alles war zuerst taub. Langsam musste sie sich erst wieder an ihren Körper gewöhnen. Nicht nur die Schmerzen begleiteten sie lange, sondern auch komische Gefühle, dass ihr Körper nicht mehr funktioniere. Richtig stehen oder gehen konnte Z. einige Monate lang nicht; wegen der Schmerzen, weil ihre Beine zusammengebunden waren und sie so schwach durch die Verstümmelung geworden war. Fünf Kilo habe sie verloren, meinte Z., sie sei mehr tot als lebendig gewesen ...

Ganz lange hatte sie als Kind Angst, irgendwann an ihrem eigenen Urin zu ertrinken, oder wegen der Flüssigkeit platzen zu müssen, weil das Wasser lassen nicht mehr funktionierte wie zuvor.

Ich beschloss für mich, alle Arten von in Frage kommenden Medikamenten zu dieser Hausgeburt mitzunehmen. Für den Fall der Fälle – diese Frau, die unmenschliche Qualen ertragen hatte müssen, sollte sie nicht auch noch durch die Schmerzen der Geburt traumatisiert werden.

Beim nächsten Hausbesuch ein paar Wochen später lernte ich auch Z.s Mann Kiano kennen. Er war einen Kopf größer als seine Frau und von seiner Art her ähnlich zurückhaltend wie sie. Den ersten Teil des Gesprächs hörte er nur aufmerksam zu, als wolle er seiner Frau nicht ins Wort fallen und sich alle Informationen gut merken. Wir besprachen den Ablauf einer Hausgeburt, was die beiden vor Ort bereitlegen sollten. Der Zettel, auf dem die Liste mit den Dingen, die zu besorgen waren, darunter Bettauflagen, Netzhöschen, Binden, vermerkt war, nahm er gleich an sich und meinte, er würde sich darum kümmern.

Dann untersuchte ich den Bauch der Schwangeren, Z. schob dazu zwei Schichten ihres Sarongs in die Höhe und nur ein dünner Stoff war zwischen meinen Händen und ihrem Bauch. Ein rot-erdfarbiges Muster schien um ihre Mitte in zackigen Figuren in Kreisen zu tanzen, ich musste lächeln, als ich es sah, denn es gefiel mir wirklich gut. Dann lächelte auch Z. mich an, erklärte mir, dass die kraftvollen Farben dem Kind gefallen würden, es wärmen würden mit den guten Gedanken seiner Urahnen.

Kiano, der neben seiner Frau saß und ihren Kopf streichelte, senkte den Blick. Als ich den Bauch von Z. anfasste, ganz sanft und ohne Druck auszuüben, merkte ich, wie sich die junge Frau verkrampfte. Ich konnte gut verstehen, wieso. Für sie war ich eine Fremde.

Um ein bisschen Distanz zu schaffen, packte ich das Hörrohr aus und setzte es leicht an einer Seite ihres Bauches an. Die Herztöne waren klar hörbar. Z. deutete ihrem Mann, dass er sein Ohr auf die Öffnung legen solle. Das tat er und sein Mund verzog sich nach oben zu einem liebevollen Lächeln, Tränen glitzerten in seinen braunen Augen. Er bedankte sich viele Male bei mir und sagte, wie glücklich er sich schätzen könne. Bald würden sie ihre eigene Familie haben.

Kiano brachte mich zur Tür und als er sich versichert hatte, dass Z. außer Hörweite war, fragte er mich:

„Can she survive the birth?"

Ich versicherte ihm, dass ich mich gut informieren würde, wie eine solche Geburt technisch stattfindet. Dass ein Schnitt gemacht werden muss, um zu öffnen, was einst zugenäht wurde. Wie ich es schon Z. gesagt hatte, erklärte ich auch ihrem Ehemann, dass ich noch nie eine Frau mit Narben einer Genitalverstümmelung betreut hatte. Es gäbe viele Möglichkeiten, falls sie sich zu Hause doch nicht wohlfühlen würde. Doch Kiano nahm meine Hand und meinte, dass beide mir vertrauen würden, es sei der richtige Weg.

Am nächsten Tag rief ich Elise an, bei der ich das Seminar besucht hatte. Sie sprach mir Mut zu, Z. zu betreuen:

„Margarete, du bist genau die Richtige für sie, davon bin ich überzeugt!"

Sie lud mich zu einem Vortrag ein, den wir gemeinsam besuchten. Eine Ärztin sprach in einem großen Wiener Krankenhaus vor Fachpersonal über ihre Erfahrungen. Dr. Brini hatte einige Jahre in Afrika für eine große Hilfsorganisation als gynäkologische Leiterin gearbeitet. Zuerst ging sie nicht explizit auf Genitalverstümmelungen ein, doch ich hob meine Hand und musste sie nach ihren Erfahrungen fragen.

Dr. Brini seufzte und meinte dann:

„Um ehrlich zu sein, gab es kaum einen Tag, wo das nicht Thema war in der Ambulanz oder auf den Stationen. Blutende, fiebernde, meist ganz kleine Mädchen, die von ihren Vätern, Brüdern oder Müttern ins Krankenhaus getragen wurden, das habe ich wirklich oft gesehen. Viel zu oft war es dann aber leider zu spät für diese Kinder."

Wenn die Mädchen überlebten, fragten die Eltern manchmal zaghaft nach, warum die Prozedur denn schief gegangen sei, immerhin müsse man sie vornehmen lassen.

„Zu Beginn meiner Arbeit dort habe ich nichts dazu gesagt, nur gefragt, wie sie auf die Idee kämen, diese Eingriffe seien nötig. Doch dann, nach einiger Zeit und so vielen verletzten Frauen habe ich damit begonnen, zurückhaltend, aber doch meine ehrliche Meinung zu sagen, dass man niemals einen weiblichen Körper so behandeln darf."

Ihre für viele rigorosen Ansichten hätten anfangs dazu geführt, dass die Ärztin des Öfteren beschimpft wurde, auch Drohungen wurden gegen sie ausgesprochen. Nach ein paar Jahren wurde die Kritik leiser.

„Einen leichten Rückgang der Fälle konnten wir feststellen, immerhin. Es ist eine recht große Stadt, doch allein in der Region, wo ich tätig war, gibt es davon ein paar. Und wenn es immer fünf Jahre dauert, bis die Rate der verstümmelten Frauen und Mädchen drei Prozentpunkte hinuntergeht, dann wird es noch ewig dauern. Aber es hat uns trotzdem gefreut. Davor waren alle Mädchen über fünf, sechs Jahren betroffen. Alle! Ich erinnere mich, wie das erste Mal eine sehr junge schwangere Frau mit Wehen kam und wir bei der Geburt merkten, dass sie nicht verstümmelt worden war! Die Krankenschwester neben mir sah mich an, und sie schüttelte nur den Kopf, als sie meinte, noch nie in ihrem Leben eine echte Scheide gesehen zu haben.“

Nach dem Vortrag zog es mich zu Dr. Brini, ich brannte darauf, ihr einige Fragen zu stellen. Statt in dem kühlen Lehrsaal zu bleiben, lud ich sie in ein Lokal im Alten AKH Wien ein. Wir redeten einige Stunden über ihre Zeit als Ärztin in Afrika, wie man den Frauen dort und überall auf der Welt helfen könne, die verstümmelt wurden.

„Am Ende geht es trotzdem um die Frau als Individuum. Manche leiden darunter, dass sie nur noch als Verletzung wahrgenommen werden und nicht mehr als Mensch.“

Ich erzählte ihr von Z., die ich bei ihrer Geburt begleiten würde, und musste zugeben, dass das Thema auch für mich als Hebamme, die gerne allen Facetten einer Frau Beachtung schenken möchte, sehr bedeutsam war. Trotzdem musste ich ganz viel daran denken, ob alles gut gehen würde und im entscheidenden Moment der Schnitt an ihr richtig gelingen würde.

„Darüber mach dir keine Sorge, Margarete.“

Wir waren mittlerweile bei einem Gläschen Wein und dem Du angelangt.

„Da habe ich etwas für dich“, sagte Alessandra und kramte in ihrem vollgepackten Rucksack herum. „Das ist es nicht“, sie legte ein Stethoskop auf den Tisch, „das auch nicht“, dem folgte ein Blutdruckmessgerät, „und das schon gar nicht“, ein Fachbuch über Geschlechtskrankheiten knallte sie auf den Tisch, am Cover waren schon ein paar sehr anschauliche Bilder des Inhaltes zu sehen. „So, hier habe ich es!“

Verzückt landete ein fleischfarbiges Etwas aus Silikon auf dem Tisch.

„Entschuldige, sie ist ein bisschen verbogen, weil ich sie nicht gut eingepackt habe.“

Alessandra zog und zupfte daran herum und dann erkannte ich auch, was sie da in den Händen hielt: Ein weibliches Geschlechtsorgan nach einer Verstümmelung. Die Ärztin erklärte mir ganz genau, wie diese Praktik meistens ausgeführt wurde und worauf ich zu achten hatte bei der Geburt. Dann drückte sie mir das Modell in die Hand:

„Ich schenke sie dir. Daran kannst du den Schnitt auch gut üben. Es fühlt sich an und reagiert wie Haut."

Unbemerkt von uns stand der Kellner in unserer Nähe und beäugte die Silikon-Vulva. Als ihm ein „Oh" rausrutschte, drehten wir uns beide zu ihm um. Er entschuldigte sich für seine Neugier und dass er nicht starren hatte wollen.

Dann fragte er nach, was das denn sei in unseren Händen. Alessandra erklärte es ihm nüchtern. Der Kellner wurde bei ihren Schilderungen ein wenig bleich um die Nase, entsetzt weiteten sich seine Augen und er fing an, seinen dichten Schnurrbart zu zwirbeln. Trotzdem hörte er interessiert zu und die Ärztin erklärte ihm dann auch noch, wie ein weibliches Geschlechtsorgan von Natur aus aussieht.

„Gengans, Frau Doktor, des woas I eh. Owa des andere ... mah, schirch, weil schlimm, weil weh! Oarm!" Er lud uns auf ein Getränk ein und bedankte sich, als wir das Lokal verließen, für die Erklärung.

Zu Hause übte ich mit einer Schere gleich den Schnitt. Es wirkte leicht, am Modell.

Zum nächsten und, wie sich herausstellte, letzten Hausbesuch bei Z. vor der Geburt nahm ich das Modell mit. Ich fragte sie, ob sie es sehen wolle; anhand der Silikonnachbildung könne ich ihr genau sagen, wie ich sie während der Geburt öffnen würde. Doch Z. verneinte. Lieber war ihr, ich zeigte es mit den Händen. Sie schien erleichtert, als sie merkte, dass ich mich informiert hatte. Am Ende unseres Gespräches ließ ich ihr noch von Dr. Brini ausrichten, dass es großartige Ärzte gäbe, die sich auf die Rekonstruktion der Genitalien spezialisiert hätten.

„Während der Geburt mache ich zwar eine Öffnung, aber vielleicht hast du danach Probleme mit der Narbe."

Auf einem Zettel hatte ich alle Kontakte notiert. Z. bedankte sich höflich, aber ihr Blick verriet mir, dass sie nicht vorhatte, sich jemals bei den Spezialisten zu melden.

Wieder passte mich Kiano bei der Tür ab, als ich gehen wollte. Einmal mehr bedankte er sich bei mir, dieses Mal im Speziellen für alle Infos, die ich eingeholt hatte.

„You know, many women get stitched up again after birth."

Er erzählte mir davon, dass viele Frauen nach der Geburt wieder zugenäht wurden in seiner Heimat. Ich nickte und sagte ihm, dass ich davon gehört hatte. Kiano schüttelte den Kopf und meinte dann, seiner Frau dürfe das nicht passieren, endlich habe sie die Chance auf ein halbwegs normales Leben. Dann fügte er noch ein inbrünstiges „Fuck tradition" an und wir verabschiedeten uns.

Zehn Tage später läutete am späten Nachmittag mein Handy. Archie und ich hatten gerade aufgehört mit einigen Runden Uno und saßen gemütlich lesend nebeneinander auf der Couch. Es war Kiano, der sehr gefasst und höflich mitteilte, dass seine Frau Wehen hatte. Wie lange denn schon?

„A couple of ... hours", antwortete er.

Als ich das hörte, machte ich mich mit meiner bereitgestellten Tasche und dem Koffer auf den Weg. Wie immer mit einer guten Dosis Adrenalin im Blut, in diesem Fall mit etwas mehr als sonst. Archie brachte ich noch zu seinem Vater und als ich in meinem Auto saß und das Blaulicht anschaltete, erinnerte ich mich noch einmal an Alessandras Worte. Eine Frau will als Frau wahrgenommen werden, nicht als ein verstümmeltes Körperteil. So erreichte ich die Wohnung vorfreudig, immerhin würde bald ein Baby geboren werden. Ich war voller Zuversicht, ihm gut und sicher auf die Welt helfen zu können.

Z. tönte leise, aber tief vor sich hin, in einer Hock-Position, leicht nach vorne zum Tisch gebeugt. Sie war voll bekleidet. Langsam näherte ich mich der Gebärenden, doch anfassen würde ich sie nur wenig. Keine vaginale Untersuchung des Muttermundes würde stattfinden – bis der Kopf aufstieg. Das nennt man so, wenn er gegen den Damm drückt. Dann würde ich den Schnitt machen.

In Z.s Fall musste ich mich auf meine anderen Sinne verlassen: Roch es schon nach Geburt? Sah ich Schweißperlen auf der Oberlippe der Frau? Würde ich eine lilafarbige Linie wahrnehmen, vom Steiß zum Po, sollte sie sich so weit entblößen?

Z. waren Berührungen nicht sehr angenehm und vaginale Untersuchungen lehnte sie ab. Für mich war das kein Problem, ich hatte bereits einige Frauen betreut, die sich nicht derart untersuchen lassen wollten. Sei es, weil sie es als schmerzhaft empfanden oder weil sie Missbrauchserlebnisse hatten.

Ich setzte mich auf den Boden neben Z. und beobachtete sie eine Weile dabei, wie sie mit den Wehen umging. Erst nach Minuten nahm mich die junge Frau wahr. Sie lächelte mich matt an und murmelte eine Begrüßung, griff sich meine Hand und meinte:

„It is good that you are here now."

Dann schloss sie die Augen wieder, konzentrierte sich auf die nächste Wehe. Der Anblick dieser jungen Frau, wie sie instinktiv Geburtsarbeit leistete, berührte mich sehr. Das sind die Augenblicke, in denen ich genau weiß, warum ich die Hausgeburtshebammerei liebe und warum es sich zu kämpfen lohnt für all die Frauen, die ihr Kind gerne unaufgeregt in ihrem Zuhause auf die Welt bringen wollen.

Etwa eine Stunde war vergangen, da beobachtete ich, wie Z. unentschlossen umhertigerte. Sie schien keine angenehme Position zu finden, in der sie länger als eine Wehe aushalten konnte. Plötzlich stieg mir der Geruch einer Mischung aus Fruchtwasser, Schweiß und vielleicht ein bisschen Blut in die Nase, so roch Geburt. Zarte Schweißperlen, noch ganz kleine, konnte ich auf der Oberlippe der Gebärenden wahrnehmen. Gleich darauf begann sie tief zu tönen, mit Geräuschen, die schon Richtung Pressen gingen.

Also bereitete ich Z. sanft darauf vor, dass es nicht mehr lange dauern würde, bis ihr Kind geboren werden würde. Ohne danach fragen zu müssen, reichte mir Kiano eine Taschenlampe und ich legte meine Schere bereit. Dann sah ich Z. in die Augen. Es war mir sehr wichtig, dass sie wahrnahm, der Zeitpunkt, an dem ich sie schneiden würde, sei nun da. Sie raffte ihren Sarong in die Höhe, zog ihn aus. Darunter war eine Art Unterrock, den schob sie in die Höhe. Ich tastete sanft ihren Damm ab, er war gespannt und schon ganz hell. Jetzt war der Moment gekommen, den Schnitt zu machen. Z. nickte, als sie gerade eine Wehe veratmete und gab mir damit die Erlaubnis.

Aus meiner Hebammentasche nahm ich Vereisungsspray und sprühte es großzügig auf die vernarbte Fläche. Kiano saß hinter seiner Frau, hielt sie im Arm, sagte ihr immer wieder Worte, die wohl bedeuten mussten, dass er sie liebe und sie ihn festhalten und fest drücken solle, wenn es wehtun würde. Als ich die Schere ansetzte, war sie in einem perfekten Winkel und ich schnitt das Gewebe in einem durch.

Der Kopf des Kindes rutschte sofort nach, der Druck war schon dementsprechend groß gewesen. Puh, geschafft und alles gut gegangen bei dieser heiklen Aufgabe!

Ich atmete tief ein und aus, sehr dankbar. Vor der Geburt war ich bestimmt genau so nervös gewesen wie die werdenden Eltern.

Z. schien der Schnitt nicht weh getan zu haben, sie war bereits sehr stark damit beschäftigt zu pressen und sich nach vorne zu lehnen, um Druck auf ihren Bauch auszuüben. Sie röhrte, kniff die Augen zusammen und sagte zwischendurch immer wieder einige Worte in einer Sprache, die ich nicht kannte, wie ein Mantra vor sich hin. Dann holte die junge Frau ganz viel Luft, presste und kaum zwei Wehen später wurde das Kind geboren.

Es war ein Mädchen, ich legte es Z. umgehend auf den Bauch und Vater und Mutter streichelten ihr Kind.

„She is perfect!", hörte ich beide Eltern sagen. Kiano fügte hinzu, mit Tränen, die ihm über die Wange liefen:

„Nobody will harm her!"

Da musste auch Z. schluchzen. Die Eltern besahen sich ihre Tochter von allen Seiten, auch ihre Vulva.

„That's how it is supposed to look. That's how mother nature has intended it ..."

Nachdem die Plazenta geboren war und ich die Mutter nach der von mir verursachten „Geburtsverletzung" untersucht hatte, schaute ich auf und merkte, dass Z. ihre kleine Tochter bereits stillte. Auch dazu hatte sie einen instinktiven, natürlichen Zugang. Die junge Mutter hatte bei einem meiner Besuche erwähnt, mit vielen Geschwistern und einer großen, eng miteinander verwurzelten Dorfgemeinschaft aufgewachsen zu sein. Konnte sie darum so gut mit dem Neugeborenen umgehen? Ich fragte sie nicht.

Z. und Kiano gaben ihrer Tochter den Namen Keyah, was so viel bedeutet wie gute Gesundheit. Ich fragte die beiden, ob es ein traditioneller Name in einer ihrer Familien sei?

„Nein", meinte Kiano bestimmt, die Tradition seiner Familie werde sein, keine Traditionen mehr zu haben.

„Und wenn, dann nur unsere eigenen", fügte Z. hinzu.

„Jedenfalls ein sehr schöner Name und Gesundheit ist immer wichtig", meinte ich.

Dann lachten beide gelöst und verrieten, woher er stammte: „We did google it!"

Wenige Wochen später war ich ein letztes Mal bei Z., Kiano und ihrer kleinen Keyah zu Besuch. Der Teint des kleinen Mädchens war im Vergleich zur Geburt etwas dunkler geworden. Zufrieden nuckelte die Kleine am Busen ihrer Mama. Am Tag darauf wollten die drei umziehen, nach Deutschland. Sie hätten dort Verwandte, erzählten sie mir. Der Teil der

Familie, der die Tradition ebenfalls hinter sich gelassen habe, so Kiano. Z. schenkte mir zum Abschied jenes bunte Shirt, das ich so bewundert hatte bei unserem ersten Treffen, mit dem tanzenden Muster:

„Now they dance for you!"

Bei dem Hausbesuch erlaubte mir Z., dass ich den gemachten Schnitt kontrollieren durfte. Alles war schön verheilt. Da erwähnte sie ganz nebenbei, wie wenig sie während der Geburt gespürt hatte. Wie damals, als es zum Vollzug der Ehe kam, fügte sie hinzu. Ihre Worte berührten mich tief. In diesem intimen Moment, in dem wir Frauen Lust empfinden sollten, war sie einfach nur froh, keine Schmerzen gehabt zu haben.

Z. musste sich in den ersten Wochen nach der Geburt an die neue Situation gewöhnen. Ihre Monatsblutung floss stärker, genauso wie der Urin, wenn sie aufs Klo ging. Das war eine Umstellung für die Frau, die viele Jahre lediglich ein kleines Loch gehabt hatte, aus dem Blut und Urin nur gehemmt fließen konnte. Endlich hatte sie ein Stück Normalität wieder. Und eine neue kam – wenn ich sie danach auch nicht fragte – vermutlich dazu: Denn vermutlich würde Sexualität ganz anders sein.

Z. ist die Abkürzung für Zola. Zola ist eine von mehr als 200 Millionen Frauen, die mit verstümmelten Genitalien leben muss. 200 Millionen – eine unfassbare Zahl und trotz dieser unglaublichen Menge an betroffenen Frauen gibt es diese Verstümmelungspraktiken noch immer. Keyah, Zolas Tochter, ist heute zehn Jahre alt und sie ist nicht darunter.

LAUREN

Lauren war lange meine beste Freundin gewesen. Trotzdem hatte sie mir gegenüber darüber geschwiegen, dass sie etwas erlebt hat, was sie mit vielen Frauen teilt.

Es war die Zeit von Boybands wie Backstreet Boys, Caught in the Act oder Take That. Im Fernsehen lief an manchen Samstagen Wetten, dass ...?, bald liebten alle den Musiksender MTV oder Viva. Ich trug Skaterklamotten, also viel zu große Hosen, und „Fruit oft he Loom"-Pullis, dazu lässige Sneakers und Baseball-Cap.

Was bei mir in der Zeit los war? Meine Pubertät! Und die hormonellen Schwankungen führten dazu, dass ich mich manchmal ganz entsetzlich langweilte. Fad, fad, alles war fad.

Als ich in einer Schulpause gerade eine riesengroße pinkfarbige Kaugummiblase zum Platzen brachte, in die ich all meinen Frust geblasen hatte, und dabei im Hintergrund die Cranberries mit „Zombie" liefen, rechnete ich damit, den Tiefpunkt des Tages erreicht zu haben. Doch da änderte sich mein Teenie-Leben schlagartig.

Denn plötzlich stand sie in der Klasse. Lauren! Unsere neue Schülerin, von der ich schon seit Wochen am Rande mitgekriegt hatte, dass sie kommen würde. Zuerst hatte ich die Information unserer Lehrerin nebenbei wahrgenommen. Dann, als die Mitschülerinnen begannen, über die Neue zu tuscheln, obwohl noch kaum Informationen über sie durchgedrungen waren, überlegte ich, wie ich es fand, dass sie aus Amerika hier zu uns nach Oberösterreich kam. Amerika war damals ein sehr spannender Ort für mich. So, wie fast alle Orte auf der Welt, die ich noch nicht gesehen hatte, von denen es aber ganz viele gab. Von Washington D.C. nach Linz. Interessanter Weg. Ich nahm mir vor, sie zu fragen, wie sie Österreich empfand. Dieses Mini-Land, im Vergleich zum riesigen Amerika.

Als sie dann vor mir stand, fiel mir meine Frage gar nicht mehr ein, ich habe sie ihr bis heute nicht gestellt. Dafür viele andere, denn zwischen uns war es Liebe auf den ersten Blick – rein freundschaftlicher Natur. Lauren und ich galten von da an als unzertrennlich, verbrachten jede freie Minute miteinander, um zu lernen, Sport zu machen, Musik zu hören und einander die jeweilige Muttersprache beizubringen.

Unseren wöchentlichen Karate-Kurs liebten wir, Lauren vielleicht sogar ein bisschen mehr, als eines Tages der schöne Alex auftauchte. Meine Freundin teilte auch meine Begeisterung für Nirvana, und gemeinsam entdeckten wir die Songs von den Doors. Was im Übrigen dazu führte, dass wir bei einer Klassenfahrt nach Paris vor der Kirche Notre Dame abhauten, um zum Grab von Jim Morrison am Friedhof „Père Lachaise" zu pilgern, aber das ist eine andere Geschichte.

Nach der Matura folgte ein einzigartig schöner Sommer, in dem wir unsere Träume und Hoffnungen für die Zukunft Abend für Abend in den Sternenhimmel flüsterten. Wir hatten uns ein klappriges, kackbraunes Wohnmobil gemietet, um einen Monat lang durch Europa zu fahren. Von der Maturareise in einen Club in der Türkei wollten wir nichts wissen: Alkohol- oder Liebesexzesse zu Technomusik interessierten uns nicht.

Untertags faulenzten wir unter schattigen Bäumen oder probierten Sportarten wie Surfen und Paragliding aus; unsere Eltern waren mit dem Taschengeld für die Reise äußerst großzügig gewesen, wohl aus Dank für die bestandene Matura. Lauren und ich schnorchelten oft stundenlang im klaren Wasser Kroatiens, zogen uns gegenseitig die Stachel der Seeigel aus den Füßen oder ruderten mit unserem Schlauchboot in abgelegene griechische Buchten, um uns nackt und ganz frei zu sonnen. Als uns der schöne Alex für drei Tage besuchte, gab ich den beiden Zeit miteinander, ging spazieren oder las in einem meiner mitgenommenen Bücher.

Lauren und ich schworen uns unzählige Male, dass wir einander nicht aus den Augen verlieren würden, egal was komme. Entweder wir würden in die gleiche Stadt ziehen, zusammen in eine WG in Wien, oder ganz oft zur anderen zu Besuch kommen. Ich erinnere mich an eine bedeutungsvolle Nacht, der Vollmond war riesengroß, sein Spiegelbild tauchte das ganze Meer in einen magischen Glanz. Da ritzten wir uns mit einer abgesplitterten Muschel die Kuppen unserer kleinen Finger blutig, um den Schwur für alle Zeit zu besiegeln. Die Handflächen, so wie man es in den Filmen immer sieht, trauten wir uns nicht zu verletzen. Die griechische Insel, auf der wir uns gerade befanden, hatte nämlich kein Krankenhaus. Und da für mich zu dem Zeitpunkt schon klar war, dass ich Hebamme werden wollte und Lauren ein eher ungeschickter Mensch war, schien mir das Risiko zu hoch, dass sie vielleicht wichtige Nerven meiner Hand durchtrennen würde …

Der September kam und damit auch Laurens Zusage für ein Praktikum bei einem großen Finanzkonzern – in Amerika. Wir heulten bei ihr zu Hause. Dann bei mir zu Hause. Am Weg zum Karate, ja, sogar mit dem schönen Alex im Arm heulten wir uns die Seelen aus dem Leib.

Am Flughafen wartete ich, bis die Maschine in die Luft abhob und war der festen Meinung, dass sich trotz der vielen Kilometer, Zeitumstellung und anderer Lebensumstände nichts zwischen uns ändern würde.

20 Jahre später saß ich in einem alteingesessenen Wiener Kaffeehaus und wartete auf Lauren. Während ich die Menschen beobachtete, die zum

Eingang hereinkamen, krabbelten mir diffuse Ängste in den Nacken. Könnte es sein, dass ich sie nicht erkennen würde? Oder, was wäre, wenn sie mich nicht erkannte? Komisch fand, was aus mir geworden war?

Ich starrte gedankenverloren auf meine Fingernägel, zupfte an ihnen herum. Da hörte ich eine sehr vertraute Stimme meinen Namen sagen: „Margarete!"

Kein Fragezeichen. Ein Ausrufzeichen in der Stimme.

Ich sah hoch und in die kleegrünen, lachenden Augen, die sich kein bisschen verändert hatten. Lauren und ich umarmten einander fest und seufzend. Wir ließen los und musterten uns gegenseitig. Lächelnd, freudig. Bevor ich noch sagen konnte, dass ich mich extra mit Blick auf die Tür positioniert hatte, meinte Lauren schon, dass es typisch für mich sei, mich in die Nähe der Tür zu setzen, um dann auf meine Fingernägel zu starren.

„Macht aber nichts, ich war auch nervös. Was ist, wenn ich sie nicht erkenne. Oder sie mich nicht? Das alles hab ich mich am Weg hierher gefragt. Oh, du trinkst eine heiße Schokolade, wie schön, es hat sich also nichts geändert", meinte Lauren mit Blick auf mein Getränk. Sie bestellte sich auch eine und die nächste halbe Stunde plauderten wir, wild von einem Thema zum anderen springend.

Das Bild, das ich mir von Lauren in meinem Kopf gemacht hatte, entsprach gar nicht der Realität. Über die Jahre bekam ich von ihrer Mutter, die öfter mit meiner Mutter sprach, nur kleine Fragmente aus dem Leben meiner Freundin mit. Wie sie nach dem Praktikum von einer renommierten Uni im Südwesten der USA genommen wurde, dort Finanzmathematik studierte und gleich darauf in Manhattan zu arbeiten begann. Von ihrem Penthouse-Apartment hatte ich Fotos gesehen. Es hatte eine atemberaubende Aussicht auf den Hudson-River, alles darin war weiß, aus Holz oder glänzend.

Lauren hatte sich auf den Bildern nicht stark verändert. Auf einer Aufnahme trug sie einen Hosenanzug, der ihr auf den Leib geschneidert schien, und immer noch das zarte Armband, das wir bei einem kroatischen Goldschmied erworben hatten und abwechselnd tragen wollten. Der Mann neben ihr hatte ein breites Lächeln und Zähne, noch weißer als die Ledercouch in ihrem Wohnzimmer.

„Lauren, darf ich dich mal etwas fragen? Wie kommt es, dass du als Anleihenhändlerin erfolgreich bist, in einer schicken Wohnung wohnst und dich doch gar nicht so arg verändert hast?"

Lauren musterte mich:

„Und du? Wie kommt es, dass du Hausgeburtshebamme bist und dabei weder nach Räucherstäbchen duftest noch dich raw-vegan ernährst?"

Wir lachten beide drauflos. Lauren hatte ganz genau verstanden, was ich meinte. Sie erzählte mir, dass sie seit ein paar Jahren ganz anders lebe als vorher in Manhattan: in einem Haus in einer beschaulichen Kleinstadt, zwei Stunden weg von New York. Dort habe sie sogar einen Hühnerstall. Sie habe die New Yorker Wohnung gut vermietet, das sei ihr Haupteinkommen. Für einen kleinen Kundenkreis mache sie weiterhin Investitionen:

„Aber mehr zum Spaß. So schnell, wie die Lust am Kalkulieren eines Tages weg war, ist sie dann wieder aufgetaucht. Der Spaß, die Freude an meinem Job. Weil ich nur Projekte mache, die ich wirklich machen möchte. Ich weiß, es ist eine glückliche Lage."

Niemals würde sie an Samstagen arbeiten, denn da sei der Farmers Market, auf dem sie die Eier ihrer glücklichen Hennen verkauft. Was mit dem Mann sei, dem mit dem blitzblanken Grinsegesicht? Den habe sie artgerechterweise in Manhattan lassen müssen, er sei kein Bursche vom Land.

„Aber, es war leider schon lange klar, dass wir nicht mehr glücklich waren ..."

Ich nickte ihr zu.

„Wir haben einander angesehen und da war keine Liebe mehr. Nicht so, wie jetzt."

Lauren lächelte, ihre Grübchen tiefe Einbuchtungen in die Wangen zeichnend.

„Weißt du, Margarete, ich hab da nämlich wen kennengelernt. Alex."

„Du meinst hoffentlich nicht unseren schönen Alex? Der, mit dem du in Kroatien – und dann, nachdem du erfahren hast, dass du das Praktikum ..."

„Aber nein. Ein Farmer. Wie sagt man hier, ein Landwirt? Egal, jedenfalls, weißt du was? Er ist es. Mit ihm will ich Kinder."

„Gratuliere, das sind schöne Nachrichten!"

„Du weißt doch, wie ich immer gesagt habe, dass ich keine haben mag?"

„Ja, ich erinnere mich gut daran. Aber es ist ganz normal, dass sich das ändern kann. Ich habe viele Frauen, die wollten nie oder später oder nur vielleicht ein Baby und dann ... hat es gut gepasst."

„Ich bin draufgekommen, warum ich keine Kinder wollte."

„Ah, okay, magst den Grund erzählen?"

„Meine Psychologin meint, dass ich eine tief verwurzelte Angst in mir trage, einen Kontrollverlust zu erleiden. Eine regelrechte unbewusste Panik dürfte ich haben, ein Kind zu verlieren."

„Das tut mir sehr leid. Ja, diese Angst ist bis zu einem gewissen Grad ganz normal, aber sie darf nicht zu stark werden."

„Kannst du mir helfen, sie zu überwinden? Ich glaub, sonst werde ich nie schwanger …"

Und Lauren erzählte mir, dass sie und Alex seit fünf Monaten versuchten, ein Kind zu bekommen und schon recht frustriert waren, weil es noch nicht geklappt hatte. Das war nicht einmal ein halbes Jahr! Ich versicherte meiner Freundin, dass das keine aussagekräftige Zeitspanne sei. Manche Paare, bei denen alles in Ordnung sei, bräuchten ein, zwei Jahre, um ein Kind zu empfangen. Zumindest einige Monate lang sollte sie versuchen, sich keinen Druck zu machen. Doch Lauren hatte eine genaue Vorstellung, woran es lag, und wie ich ihr helfen könne.

„Margarete: Bitte sei so lieb und erzähle mir die schlimmste Geschichte einer Fehlgeburt, die du jemals erlebt hast, und dann die schönste, oder, sagen wir positivste Geschichte zu dem Thema. Würdest du das bitte machen?"

Puh, auf diesen Wunsch war ich absolut nicht vorbereitet, doch kamen mir in der Sekunde zwei Frauen und ihre Schicksale in den Sinn. Ich fragte Lauren, ob sie das wirklich hören wolle. Die erste Frau habe wirklich heftige Dinge erlebt. Und auch die zweite Erzählung sei einfach traurig.

Ja, Lauren war fest entschlossen, die ganze rohe Wahrheit zu hören. Dahinter steckte auch, wie sie mir mit Tränen in den Augen schilderte, dass sie bereits ein Kind verloren hatte. Eine lange Zeit war das her. Jung sei sie damals gewesen. Biologisch perfekt, wie sie es nannte.

„Und doch hab ich es verloren. Sie, meine Tochter. Im vierten Monat. Ich habe immer geglaubt, dass es der Stress war. Und trotzdem lässt es mich nicht los."

Mir lief es kalt den Rücken hinunter. War sie etwa schwanger nach Amerika gegangen und dann ganz auf sich allein gestellt?

Meine Frage behielt ich für mich.

Wir zahlten und spazierten durch den Volksgarten. Beim Theseustempel ließen wir uns nieder.

„Bereit?", fragte ich. Lauren nickte entschlossen und ich begann zu erzählen.

Es war die Geschichte einer Frau, die mit Anfang 40 ihr erstes Kind erwartete. Für ihren Mann und sie sei die Schwangerschaft eine große Überraschung gewesen, nichts, das sie geplant oder mit dem sie gerechnet hatten. Sie müsse sich erst einmal in das Thema einlesen, meinte sie zu mir am Telefon, aber was sie bereits ganz genau wisse: Dass sie ihr Kind zu Hause auf die Welt bringen wolle. Freuen würde sie sich darauf, viel mehr als er, der doch schon einige Jahre älter war als sie und ein bisschen bequem sei.

Wir machten aus, dass sie sich nach dem ersten Termin beim Frauenarzt wieder bei mir melden solle. Da ich lange nichts von ihr gehört hatte, rief ich sie nach ein paar Wochen an. Sie sagte, dass sie ihr Baby verloren hatte, und schilderte mir die genauen Umstände.

Eines Nachts hatte sie Blutungen bekommen. Es war am Wochenende und sie konnte ihre Gynäkologin nicht erreichen, darum brachte ihr Mann sie ins Krankenhaus. Der Arzt, der sie untersuchte, stellte fest, dass ihr Baby keinen Herzschlag mehr hatte, und führte detailliert aus, es lebe wohl schon länger nicht mehr, bereits ganz abgestorben sei es. Die Frau war getroffen von seinen Worten und tief verletzt, weil sie, wie sie sagte, nicht gemerkt habe, wie ihr Kind in ihrem eigenen Körper gestorben sei. Ja, ein Gefühl sei da gewesen, die Tage davor, aber als Mama müsste es doch deutlich spürbar sein, wenn so etwas geschehe ...

Der Arzt redete weiter, untersuchte sie grob und meinte schließlich, er könne das gleich erledigen. Die Frau kannte sich nicht aus, auch auf ihr Nachfragen redete der Arzt weiter auf sie ein, wiederholend, dass es schnell erledigt sei. Und: Es werde nicht lange dauern, denn den Muttermund habe er schnell offen. Und so dehnte der Arzt ihren Muttermund mit Fachwerkzeug auf und entnahm ihrem Körper das tote Kind, ohne Narkose. Die Frau schrie wegen ihrem Kind und weil der Eingriff schrecklich wehtat, der Arzt bemerkte, dass sie sich nicht so anstellen solle, immerhin erspare er ihr eine Kürettage.

Und ich dachte mir nur, wieso hast du dich nicht bei mir gemeldet? Denn ich begleite Frauen auch, wenn das Kind in ihrem Körper gestorben ist. Oft brauchen sie einfach nur Zeit. Der Körper weiß in den meisten Fällen, was zu tun ist, und lässt das Kind ganz natürlich mit Blutungen und Krämpfen abgehen. Gegen die Schmerzen gibt es Medikamente, die jede Frau wählen kann.

Ich sagte Lauren, ich hätte mir für diese Frau einfach eine Wahl gewünscht. Die Frau ist danach nicht mehr schwanger geworden, ihr Mann hat sich sterilisieren lassen und sie musste einige Jahre eine Traumatherapie machen.

Lauren stieß ein „Puh, sad!" aus. Wir plauderten ein bisschen über #metoo und dass es auch in Gynambulanzen übergriffig zugehen könne. Lauren schüttelte den Kopf, als die Sprache noch einmal auf die Frau kam. Wieso sie ihren Mann nicht schon längst verlassen habe, verstand sie absolut nicht.

Sie stellte mir noch einige interessierte Fragen und es schien, als würde sie sich mit dem Thema auseinandersetzen, ohne sich übermäßig zu fürchten. Dann setzte ich zu einer weiteren Erzählung an:

Dieser ersten Geschichte stand eine ganz andere gegenüber. Einmal hat mich eine sehr junge Frau, ein Mädchen in ihren Teenagerjahren, kontaktiert. Mit ihren 16, 17 Jahren wusste sie schon genau, dass sie ihr Kind gerne zu Hause auf die Welt bringen wollte. Wir kannten uns bereits von einem Hausbesuch, als sie mich eines Abends heulend anrief. Ihr Baby sei im Bauch gestorben, in der 16. Woche. Was sie jetzt tun solle? Alle, auch ihre Mama, rieten ihr zu zum sofortigen „Wegmachen", zu einer Kürettage.

Nachdem sie sich ein bisschen gefasst hatte, erklärte ich ihr die andere Option. Nämlich einfach einige Tage zu warten.

„Das geht?", stieß sie hervor.

Ich versprach, was auch immer sie brauche, sie solle sich bei mir melden.

Zehn Tage später rief sie mich an, sie war sehr aufgeregt. Ganz allein in der Badewanne habe sie ihr Baby auf die Welt gebracht. Wobei sie nicht Baby zu ihrem Kind sagen wollte. Es schaue nämlich aus wie ein Dinosaurier. Deswegen nenne sie es Dino. Sie schickte mir Bilder des Embryos, an dem die Augen schon gut erkennbar waren.

Die junge Frau bettete Dino in eine Schachtel, legte einen kleinen Schnuller, das Erste und Einzige, das sie für das Baby gekauft hatte, und viele Blütenblätter dazu. Auf ihren Wunsch hin ging ich in einer sternenbestückten Nacht mit ihr in den Wald, um ihr Kind zu begraben. Wir sprachen einige gemeinsame Worte, und dann vergrub sie die Schachtel allein 30 Zentimeter tief hinter einem Baum, der in dieser Nacht hell erleuchtet war vom Schein des Mondes.

Ich erzählte Lauren noch einige weitere Geschichten. Von Frauen, die in einer ganz frühen Schwangerschaftswoche ein Kind verloren hatten. Von Frauen, die spät in der Schwangerschaft eine stille Geburt hatten. Manche merkten kaum, dass etwas in ihrem Bauch nicht stimmte, einige hatten leichte Blutungen. Andere ganz starke oder gar einen Kreislaufzusammenbruch. Manche hörten Ratschläge: Sie sollten froh sein, dass es so früh abgegangen sei. Oder: Sie sollten froh sein, dass der Herzschlag noch im Bauch und nicht, als es schon auf der Welt war, aufgehört hatte. Andere hörten, es wäre besser, dass sie wenig mitbekommen hätten, und wieder anderen wurde geraten, dass sie nun endlich damit abschließen könnten.

„Puh", hörte ich meine Freundin erneut sagen. Und den Kopf schütteln. Sie musste nicht aussprechen, was sie sich dachte. Sie war bestimmt froh darüber, damals niemandem von ihrer Fehlgeburt erzählt zu haben.

„Nie hätte ich gedacht, es könnte besser sein, etwas so Einschneidendes alleine mit mir rumzutragen. Aber ich bin froh, dass ich es nun jemandem nach ganz langer Zeit doch noch sagen konnte."

Wir saßen noch bis spät in der Nacht zusammen, lachten, waren berührt von den Erzählungen der anderen, plauderten über Babys, Liebe, das Leben, holten alle Gedanken und wichtigen Gespräche der letzten 20 Jahre nach, so weit wie das eben möglich ist.

Als wir uns wenige Tage später verabschiedeten, einander fest in den Armen hielten und unsere Tränen an unseren Wangen ineinanderliefen, wusste ich, dass es wieder ein Abschied für ganz lange werden würde. Lauren drückte mir noch einen Zettel in die Hand mit all ihren Kontaktdaten, Telefonnummern, Mailadressen, Twitter/Instagram/TikTok-Aliases, und doch muss auch sie gespürt haben, egal wie viele Kanäle wir haben, erreichen können wir einander nur, wenn wir uns sehen.

Ein weiteres Mal stand ich am Flughafen und schaffte es nicht zu gehen, bevor Laurens Flieger in die Lüfte abgehoben hatte.

KIRSTEN

Mein Beruf lehrt mich oft die Essenz
von Liebe, Leben und Tod.

An einem warmen Maitag schlenderte ich am Biohof von Stand zu Stand. Dort fand an jenem Wochenende zum ersten Mal ein Familienevent mit Lesungen, Workshops und dem Verkauf von ausgewählten Produkten statt. Vor wenigen Tagen hatte ich bemerkt, dass ich zum zweiten Mal schwanger war, und ich genoss diese Zeit der ersten Vorfreude. Noch konnte niemand wissen, dass ein kleines Wesen in meinem Körper heranwuchs. Ein flaues Gefühl plagte mich gelegentlich bei gewissen Gerüchen, aber sonst fühlte ich mich wohl.

Plötzlich fiel mir ein Mann mit schwarzen Haaren auf, den ich von einer Hausgeburt vor drei, vier Jahren kannte. In dem Moment sah er mich auch und kam auf mich zu. Ich begrüßte Rolf und fragte nach seiner Frau:

„Wie geht's Kirsten und eurer Tochter? Sind die beiden auch heute hier?"

Einen Moment lang zögerte der große, muskulöse Mann und ich befürchtete schon, in ein Fettnäpfchen getreten zu sein – womöglich waren die beiden kein Paar mehr? Dann sagte er klar heraus:

„Nein, die beiden sind zu Hause. Ich bin nur kurz hier wegen einer geschäftlichen Sache. Kirsten ist schwer krank. Sie wird sterben."

Die lachenden Kinder in bunten Kleidern um uns, die Eltern, die ihnen vergnügt nachliefen, Gesänge, Getratsche, die Seifenblasen, die durch die Luft wirbelten, die ganze Lebendigkeit war augenblicklich verschwunden, nachdem Rolf diese Worte ausgesprochen hatte. Da waren nur noch er und ich in dem Moment.

Er führte weiter aus, dass seine Frau zu Weihnachten vor einem Jahr starke Blutungen bekommen habe, wie aus dem Nichts sei ihr Schoß rot gefärbt gewesen. Im Krankenhaus hätten sie dann einige Untersuchungen durchgeführt. Bis sie schließlich etwas an der Gebärmutter fanden. Kirsten habe davor nie Beschwerden gehabt, keine Schmerzen. Zwei Tage hätten sie kaum miteinander reden können, weil beide keine Worte fanden; vor Schock und Entsetzen. Zuerst seien die Ärzte noch vage optimistisch gewesen. Doch mit jedem Therapieschritt, jeder weiteren Kontrolle wurden die Aussichten auf Heilung geringer.

„Irgendwann hat sie der Kleinen dann mit Ja geantwortet, als sie gefragt hat, ob ihre Mama sterben wird. Da war es dann klar. Für uns alle."

Ich hielt Rolf längst an den Händen und uns beiden liefen Tränen über die Wangen. Wir verabschiedeten uns mit einer festen Umarmung. Sagen konnte ich nicht viel, außer, dass er Kirsten ganz lieb von mir grüßen solle.

Kirsten, diese Amazone. Ich setzte mich in die Wiese und ließ meine Gedanken wandern. Als ich diese Frau das erste Mal sah, wirkte sie wie eine unerschrockene Kriegerin, die gerade von einer Jagd gekommen war. Ein bisschen verschwitzt, voller Adrenalin, ihre langen dunklen Haare hingen in Wellen an der großen, sehnigen Frau herab.

Der erste Hausbesuch fand im Burgenland statt, auf einem Bauernhof mit viel Grün ringsherum und einem Wald hinter dem Anwesen. Kirsten kam im Stechschritt auf mich zu, als ich mich mit ihrem Mann Rolf bekannt machte. Beide trugen keine Schuhe und hatten eine Blumenkette um jedes Handgelenk gebunden.

„Hat er dir schon von unserer Idee erzählt?"

Das waren die ersten Worte, die ich aus Kirstens Mund hörte.

Er verneinte und sie führte aus, dass auf dem Grundstück eine freie Gemeinschaft gleichgesinnter Menschen entstehen solle. Ein Lebensbereich für Leute, die Liebe und Fürsorge leben wollen, aber auch Freiheit. Kirstens Augen glänzten, als sie in die Weite der Landschaft blickte und mir schilderte, an welchem Flecken was entstehen sollte. Sogar eine eigene Schule sei geplant.

„Dort drüben, bei den Kastanien!"

Ihre Hände deuteten wie Speerspitzen auf exakte Orte, mit den Fingern zeichnete sie Gebäude in die Luft. Bestimmt 20 Minuten drehte sich das Gespräch um die zukünftigen Pläne des Paares. Was sie vorhatten, fand ich sehr interessant, wenn auch gewagt. Denn für die Realisierung der Infrastruktur war zuallererst eine Sache ganz entscheidend: Das Geld. Auch darauf kam Kirsten zu sprechen und wischte kritische Anmerkungen, die Rolf hervorbrachte, schnell und lächelnd beiseite:

„Was passieren soll, passiert. Und dieses Projekt muss realisiert werden, das spüre ich ganz genau."

Wir setzten uns in den Schatten der Kastanie und ich stellte Kirsten einige Fragen zu ihrer Schwangerschaft. Die gebürtige Deutsche ließ einen schallenden Lacher los, als ich sie nach ihrem Geburtstag für den Anamnesebogen fragte:

„Ich bin eine uralte Muddi! Nächste Woche werde ich 46. Jaja, und das, obwohl ich in meinen 20ern alles probiert habe, um ein Kind zu bekommen. Damals noch mit einem anderen Mann. Wir haben wirklich alles versucht."

Sie zwinkerte mir zu und erzählte detailreich, was und wie sie probiert hatte, damals ein Kind zu bekommen. Es war eine sehr intime Schilderung;

viele Tricks und Kniffe waren mir als mehr oder weniger zielführend bekannt. Ein paar Sachen hörte ich zum ersten Mal und war nicht sehr verwundert, dass sie nicht geklappt hatten.

Rolf mochte diese Geschichte nicht gerne, meinte sie, doch er entgegnete: „Was du alles versucht hast, um schwanger zu werden von einem anderen Mann, soll ich nicht gerne hören? Stimmt. Weil es die Energie zwischen uns irritiert. Die Vergangenheit soll nicht immer hervorgeholt werden, wenn es um die Gegenwart geht. Das große Ganze hat uns ein Kind geschenkt, nur zwischen uns beiden sollte es passieren. Erinnere dich an die Nacht, in der wir beschlossen haben, ein Kind zu bekommen. Und wie wir beide gespürt haben, als wir uns liebten, dass es klappen würde."

Kirsten schloss die Augen, sehr genießerisch, legte ihren Kopf in den Nacken und streichelte ihren Bauch, der als kleine Wölbung zu sehen war. Dann küsste sie ihren Mann innig.

„Stimmt, Rolf, alles egal, was vorher gewesen war. Nur das Hier und Jetzt zählt."

Kirsten war bereits im dritten Monat schwanger und bisher nur bei einem vor der Pension stehenden Hausarzt in der Nachbargemeinde zur Bestätigung der Schwangerschaft gewesen. Dieser sei sehr erstaunt gewesen, eine werdende Mutter in seiner Ordination begrüßen zu dürfen. Aber Kirsten erklärte ihm, keinen Gynäkologen zu brauchen, da sie weder Ultraschalluntersuchungen oder weitere Tests vornehmen lassen wolle.

Der Arzt mit der dicken Hornbrille musterte sie einige Sekunden; Kirsten machte seinen Blick nach und die Art, wie er sich am Kinn kratzte.

„Und dann sagte er: ‚Recht haben Sie, gnä' Frau!' Der ist ein Doktor der alten Schule und hat besonders in seinen Anfangsjahren immer wieder Bäuerinnen zu Hause entbunden. Der kennt das und er versteht es."

Kirsten wandte sich an mich und sprach all die Dinge an, mit denen frau sich in der Schwangerschaft auseinandersetzen muss, wenn sie einen oder eben auch, wenn sie keinen Ultraschall machen lässt. Kirsten hatte sich gut informiert, sie wusste, im Falle eines Organproblems würden wir nach der Geburt in ein großes Krankenhaus fahren müssen. Auch eine Behinderung würde sie erst nach der Geburt erfahren.

Die Art, wie Kirsten damals vor mir saß, gemütlich an die alte Eiche gelehnt, als würde sie den ganzen Tag nichts anderes machen, außer tiefenentspannt mit dem Kreislauf des Lebens verbunden zu sein und mit klarem Blick Überlegungen anzustellen wie:

„Alles im Leben ist unsicher. Da kann ich keine falsche Ungewissheit gebrauchen. Tests, die richtig sein können oder falsch, und welche, die nur gemacht werden, weil ich ein gewisses Alter überschritten habe ... Wegmachen kommt für mich sowieso nicht in Frage. Für uns kommt es nicht in Frage. Wir nehmen dieses Kind mit allem an, was es ist."

Kirsten griff nach der Hand von Rolf und wieder sahen sich die beiden tief in die Augen. Den Herzschlag ihres Kindes wollten die werdenden Eltern dann aber doch sehr gerne hören. Ein bisschen waren sie enttäuscht, dass es mit meinem hölzernen Hörrohr erst in einer späteren Schwangerschaftswoche klappen würde. Erst um die 20. Woche ist es möglich, damit den kindlichen Herzschlag zu hören. Doch mein tragbares Dopton war für Kirsten und Rolf ein hinnehmbarer Ersatz. Als sie den Herzschlägen ihres Kindes lauschten, liefen kleine Tränen über die Wangen der zwei. Wieder küssten sie sich innig über diese Freude.

Einige Wochen später kam ich zu einem weiteren Hausbesuch. Dieses Mal war ich mit Kirsten alleine und zusammen spazierten wir über das Grundstück. Die werdende Mutter schien energetisiert zu sein, musste sich ständig bewegen. Ihre sehr athletische, leicht kantige Figur war an manchen Stellen weich und rund geworden.

Eine große Umstellung für Kirsten:

„Mein Körper spürt sich ganz anders an. Jede Woche wird er weicher und runder. Das kann ich, ganz unter uns, schwer ertragen. Diese Veränderungen sind bis jetzt die größte Herausforderung in der Schwangerschaft für mich."

Ich verstand sehr gut, was sie meinte. Auch für mich waren die physischen Begleiterscheinungen der Schwangerschaft herausfordernd gewesen; meinen Körper mit einem anderen Menschen zu teilen, das fühlte sich immer mal wieder seltsam an. Als ich die ersten Tritte meines Sohnes spürte, da freute ich mich über alle Maßen und war gleichzeitig erschrocken wie schon lange nicht mehr.

Kirsten klagte darüber, immer schwerfälliger zu sein, viele Dinge nicht mehr wie früher machen zu können oder nur unter großen Mühen. Zum Beispiel schaffte sie es nicht mehr, auf ihren Lieblingsbaum zu klettern, von dem sie eine herrliche Aussicht über die Weiten des Waldes und der Felder hatte.

Sie deutete auf den höchsten Punkt eines mächtigen, stark verästelten Kirschbaums, der sicher um die zehn Meter hoch war.

„Meinen Bauch finde ich jetzt schon so groß und ich fühle mich schwerfällig, an manchen Tagen schaffe ich es bis zur Hälfte rauf, an anderen gar nicht mehr."

Insgeheim war ich – ob der Größe des Baumes – ein bisschen erleichtert über ihre Aussage. Dann erzählte sie mir, auch das Waldlaufen sei beschwerlich, ihre Fußsohlen seien sehr empfindlich geworden.

„Dabei hab ich viel mehr Hornhaut als normal!", lachte sie.

Am allerschlimmsten fühle sich ihr Körper allerdings an, wenn sie und Rolf sich lieben würden.

„Ihm gefalle ich. Vielleicht findet er es sogar aufregend, dass sich mein Äußeres verändert hat. Aber nee, nee, für mich ist das gar nicht so gut wie sonst, schwanger mit ihm zu schlafen."

Bis zur Geburt kam ich noch zu zwei Hausbesuchen bei Kirsten. Jedes Mal faszinierte mich diese Frau, wir plauderten über die Schwangerschaft und viele Themen abseits. Ich fand ihre kluge Sichtweise auf Themen wie Bildung, Wohnen und Gesellschaft sehr interessant und genoss es, mit ihr darüber zu plaudern.

Kurz bevor an einem regnerischen Tag mein Telefon läutete, hatte ich ein starkes Gefühl, dass heute ein Kind auf die Welt kommen würde. Eine andere meiner Frauen wäre vom errechneten Zeitpunkt früher dran gewesen, doch es meldete sich Kirsten. Sie blies Luft aus ihrem Mund:

„So, das war wieder eine Welle, die durch mich durchging. Seit Kurzem kommen sie regelmäßig."

Ich riet ihr, den vorbereiteten Geburtspool einzulassen und, so sie es als angenehm empfinde, sich schon mal reinzusetzen. Bald machte ich mich auf den Weg, die Anfahrt ins Burgenland dauerte doch eine Weile.

Als ich eintraf, wartete Rolf schon nervös vor dem Haus auf mich. Seine Frau würde immer wieder starke Geräusche machen, röhren wie ein Hirsch. Ob denn das normal sei? Da ich Kirsten bereits hören konnte, versicherte ich ihm, die tiefe, laute Atmung sei genau richtig. Ich betrat das Wohnzimmer und da stand in der Mitte der Geburtspool mit der werdenden Mutter darin. Kirsten hatte gerade die Augen geschlossen, bereitete sich auf eine Wehe vor. Sie sah aus wie eine Kriegerin oder eine Königin, würdevoll und kräftig. Sie sog Luft in ihren Körper, der Brustkorb wurde weit und dann ballte sie die Fäuste. Schließlich kam die Wehe, rollte durch den Körper der Frau, und danach blies Kirsten die Luft kräftig aus. Sie schlug die Augen auf und lächelte mich an:

„Margarete, schön, dass du jetzt da bist!"

Sie nahm meine Hände und hielt sie fest, als sie kurz schilderte, was bislang im Geburtsverlauf geschehen war. Währenddessen entkleidete sich Rolf langsam und gemächlich und stieg zu seiner Frau in den Pool.

Wehe um Wehe spielte sich immer auf die gleiche Art ab: Kirsten ballte die Fäuste, ließ die Kontraktion durchrollen und atmete kräftig aus. Stück für Stück ging es voran und verlangte der Frau viel Kraft ab. Rolf massierte mal ihren Rücken, dann tönte er mit ihr gemeinsam, oft fand er liebevolle Worte der Motivation für sie.

Das Szenario war magisch. Diese Gebärende, die ihren eigenen Rhythmus gefunden hatte, und der Partner, der sich darauf einließ und spürte, wie er sie unterstützen konnte.

Nach einigen Stunden schob sie ihre kleine Tochter mit einem kehligen, kräftigen „Aahhhhhh" aus dem Körper und fing sie mit ihren eigenen Händen auf. Kirsten legte die Kleine zuerst sich selber auf den Busen und nach einigen Minuten dann ihrem Mann Rolf auf die Brust. Die Plazenta kam problemlos und Kirsten war unendlich stolz auf sich und glücklich, den Geburtsvorgang allein geschafft zu haben.

Die drei kuschelten sich auf einer riesigen Matratze zusammen und ich nähte eine kleine Geburtsverletzung. Komplett euphorisiert konnte Kirsten nicht aufhören zu reden, mit Rolf, mit mir und ihrer kleinen Alani, was auf Hawaiianisch so viel wie „Himmelskind" bedeutet.

„Sie kommt wahrlich von da oben, von den Sternen ist sie zu uns heruntergeflogen und trägt all die Geheimnisse des Universums in sich!"

Kurz darauf schliefen Mama und Tochter friedlich ein.

Die nächsten Tage besuchte ich die Familie immer in der Früh zur Nachbetreuung. An einem Morgen entspannte sich Kirsten mit der Kleinen im Bett und bat mich zum gemeinsamen Frühstück. Rolf hatte Äpfel vom eigenen Baum zu einem Mus verarbeitet, Nüsse und Haferflocken mit Gewürzen zu Porridge verrührt und einen Tee aus selbstgepflückten Hagebutten gebrüht. Bevor wir das Essen kosteten, reichten mir die beiden die Hände und sprachen ein Gebet an Mutter Natur:

„Danke, liebe Natur, du ewige, nährende Mutter, du Schöpferin allen Lebens und der Vielfalt, für deine reichen Gaben, die du uns schenkst."

Das Frühstück war köstlich; Kirsten lag die ganze Zeit über im Bett, schnappte sich immer wieder kleine Häppchen und hatte Alani in ihren Arm gekuschelt, die fast durchgehend an der Brust trank. Ich war beeindruckt von der Achtsamkeit, der Wertschätzung, mit der ein Frühstück – eine Mahlzeit, die ich in meinem Alltag oft hastig in mich hineinstopfe – bei Kirsten und Rolf zelebriert wurde.

Wieder und noch viel eindrücklicher sah Kirsten wie eine Königin aus, ihre langen Haare ergossen sich auf dem hellblauen, mit Stickereien verzierten Polster. Vielleicht war sie in dem Moment sogar wie Mutter Natur höchst persönlich: zufrieden, prachtvoll, verbunden mit sich und der Welt.

Dieses prächtige Bild trage ich bis heute in meiner Erinnerung und es wird mich für immer begleiten. Es war das letzte Mal, dass ich Kirsten, diese außergewöhnliche Frau, sehen sollte.

Wenige Wochen, nachdem ich Rolf getroffen hatte, telefonierte ich noch mit ihr. Sie wollte mich für eine Zeitschrift über meine Arbeit interviewen. Ihre Stimme hatte denselben Klang wie ich ihn kannte, Fragen über sich blockte sie komplett ab. Einzig einen privaten Satz sprach sie zum Schluss zwischen Verabschiedungsformeln aus:

„Du wirst bald sehen, wie groß Alani geworden ist!"

Zwei Monate danach postete Rolf ein Bild seiner wunderschönen, starken Frau auf Facebook und schrieb dazu, sie habe diese Welt in der Nacht verlassen. Ich weinte tagelang, vielleicht verstärkt wegen der vielen Hormone meiner nun schon fortgeschrittenen Schwangerschaft; vielleicht, weil es mich tief berührte. Zu einem Frauenkreis nahm ich sie in Gedanken mit, um mich von ihr zu verabschieden. Ich hatte das Gefühl, ihr dort einen angemessenen Platz zu geben.

Rolf lud mich zu Kirstens Verabschiedungsfeier ein. Ihre Urne sollte im Kreis einer Menschenschar, die ihr viel bedeutet hatte, unter dem Kastanienbaum eingegraben werden. Ich wusste nicht, ob ich hingehen sollte, mich nahm der Verlust stark mit. Ich zögerte, doch dann ging ich, meinem Bauchgefühl folgend, hin und es war gut so.

Als ich mich dem Kreis der auf Kirstens ausdrücklichen Wunsch farbenfroh gekleideten Menschen näherte, sah ich ihre Tochter, die auf Rolfs Arm saß. Sie war fast vier Jahre alt und es durchfuhr mich ein Schauer, die Tränen stiegen wieder in mir hoch. Das hatte sie mit dem Satz während unseres Telefonats gemeint! Kirsten musste gewusst haben, wie wenig Zeit ihr noch blieb. Wie geht es einer Mutter, die sich von ihrem Kind verabschieden, es alleine weiterziehen lassen muss?

Ich schniefte und die Tränen rannen mir die Wangen hinab. Alani hopste vom Arm ihres Vaters und als sie sich umdrehte, konnte ich erkennen, wie sehr sie ihrer Mutter ähnelte: Die gleichen weisen, wachen Augen, das wilde Haar, der unerschrockene Blick. Was für eine bodenlose Frechheit vom Schicksal, dass Mutter und Tochter einander in diesem Leben nicht haben durften! So ein Scheiß! Ich schnäuzte mich noch einmal fest ins Taschentuch und schluckte den Kloß im Hals herunter.

Dann hielt ich inne, beobachtete das kleine Mädchen und der Ärger verzog sich langsam, während ich dieses wunderbare Geschöpf mit der vielen Energie beobachtete: Da musste ich meine Tränen nicht mehr runterschlucken, denn alles geht weiter und jeder Mensch hinterlässt seine Spuren, seine Gravur, seine Essenz. Alani würde, da war ich mir sicher, als ich sie im Kreise der vielen bunt gewandeten Menschen sah, mit dem Wissen aufwachsen, wie stark ihre Mutter gewesen war und vor allem, wie sehr sie ihre Tochter geliebt hatte.

Da war eine grauhaarige Frau in einem wallenden roten Kleid, die mit dem kleinen Mädchen Blumen auf der Wiese pflückte; ein Mann, der mit seinem riesigen Filzhut wie der Zauberer Merlin aussah und für Alani lustige Grimassen schnitt, und ganz viele Hände, die sich schützend um das Mädchen legten, es an der Hand nahmen oder ihm über den Rücken strichen. Schon noch immer ang'fressen aufs Schicksal, stellte sich bei mir auch ein bisschen Dankbarkeit ein, diese Frau gekannt zu haben.

IRA

Diese prominente Schauspielerin wollte auch
schwanger noch so lange wie möglich auf der Bühne
stehen – trotz fast akrobatischer Einlagen.

An einem sonnigen, nach Blumen und Abenteuer duftenden Frühlings-tag saß ich in meinem Hebammenmobil, dem kleinen silbernen Flitzer. Ich kramte nach einem Stift, dann suchte ich im Handschuhfach nach Parkscheinen, um meine aktuellen Daten draufzukritzeln und schwor mir dabei, endlich diese Park-App zu installieren. Wenn ich denn mal Zeit dafür hatte. Zeit, um Apps zu installieren? Was sollte das sein?

Ich hing meinen lustigen Gedanken nach, hatte endlich Kuli und Zettel parat und setzte zum Ausfüllen an, als jemand an meine Scheibe klopfte. Ein Parksheriff? Sapperlot, bitte nicht immer die Hebamme hetzen! Ich schaute auf und nein, die Gestalt war keine Parkraumüberwacherin. Da ich so schnell das Fenster nicht herunterlassen konnte, begann die junge Frau mir zu deuten, was sie von mir wollte.

Sie streckte ihren Bauch weit heraus, sodass ihr weißes T-Shirt ein biss-chen spannte. Sie formte mit ihren Händen eine große Babykugel vor ihrer schlanken Mitte. Dann zeigte sie auf mich mit nach oben gestrecktem Dau-men. Schließlich wieder auf sich, wie sie eine Geburt simulierte. Sehr über-trieben stellte sie Wehen dar, völlige Erschöpfung und beim Finale musste sie sich sogar am Auto festhalten, um das imaginäre Baby herauszupressen. Mit einem Augenzwinkern formte sie ein Herzchen mit ihren beiden Hän-den. Mittlerweile war mein Fenster offen.

„Verdaaaaammt", konnte ich sie darum schreien hören, „das Baby ist mir runtergefallen ..."

Bei ihrem Scherz mitspielend entgegnete ich:

„Aber nein, ich hab es doch aufgefangen!"

„Perfekt, genauso habe ich mir das vorgestellt! Die Premieren-Vorstel-lung ist dann bitte in acht Monaten!"

Ich verstand sie nicht und fragte:

„Wie bitte, welche Premiere?"

Das schien sie zu verunsichern:

„Bitte sagen Sie, dass Sie die Hebamme sind ... oder haben Sie sich das Auto etwa nur ausgeborgt? Das wär dann schon ein bisschen unangenehm für mich."

Sie deutete auf das Bild an der Fahrertür, da kapierte ich:

„Achso, nein, nicht ausgeborgt. Mein Auto, und ja, mein Beruf!"

Wir plauderten noch eine ganze Weile und Ira, so hieß die Frau, schien es wirklich ernst damit zu meinen, mich als Hebamme für die Geburt ihres Kindes zu engagieren. Nach 20 Minuten hatten wir bereits einen ersten

Hausbesuchstermin ausgemacht, über Bubennamen mit vier Buchstaben geredet und ich erfuhr, dass sie Schauspielerin war. Sie war mir schon im ersten Augenblick bekannt vorgekommen, also fragte ich sie, ob wir uns irgendwoher kennen würden. Ira meinte daraufhin:

„Ich glaube, das ist die Frage, die ich so oft gestellt bekomme wie du die nach heißem Wasser und frischen Leintüchern."

Sie erzählte mir, seitdem sie in einer Werbung für eine große österreichische Bank mitgewirkt hatte, werde sie oft erkannt.

„Dabei wär es noch viel schöner, die Leute würden mich wegen meiner Schauspielkünste ansprechen. In die Viola in ‚Was ihr wollt' letztes Jahr zum Beispiel habe ich meine ganze Seele in den Zuschauerraum geschleudert. Oder die Madonna in ‚Madonna und Mike', für die laufen die Proben grad und da herrscht eine Energie in dem Stück, zwischen allen Kollegen – Dafür will ich bekannt sein! Margarete, du musst zur Premiere kommen! Du musst!"

Ira meinte, sie wolle unbedingt trotz ihrer Schwangerschaft alle Aufführungen des Stücks, das im Volkstheater neu inszeniert wurde, selbst spielen. Von der 12. bis zur 20. Schwangerschaftswoche müsse sie an vier Tagen in der Woche auf der Bühne stehen.

„Das macht dem Baby doch nichts aus, oder?"

Sie erklärte, dass ein paar Szenen fast akrobatisch seien und manche zumindest sehr körperlich.

Der erste Hausbesuch bei Ira führte mich in eine Wohngemeinschaft in der Josefstadt. Ein junger Mann in einem weißen offenen Hemd und einer Kniebundhose öffnete mir gleich beide Flügel der massiven Holztüre:

„Tretet ein, werte Amme! Lady Capulet erwartet Ihrer bereits im Salon! Mein Name ist Sir Wendelin!"

Wie es sich gehörte, machte ich einen Knicks vor ihm und er verbeugte sich tief.

Ich folgte ihm in ein Wohnzimmer, dessen Herzstück eine großes, gemütlich aussehendes, mit rotem Samt überzogenes Sofa samt Chaiselongue war. Die Wände waren mit Büchern, die in Regalen bis zur Decke gestapelt waren, gefüllt. Der Rest des Zimmers bot viel Platz zum Beispiel für ... Fechtkämpfe, denn schon sausten ein Mann und eine Frau, ebenfalls in Kostümen, an mir vorbei. Da trat Ira durch die Tür:

„Keine Angst, wenn du genau schaust, siehst du, dass das keine echten Florette sind und vor allem da vorne sind sie ganz stumpf gerundet.

Die probieren gerade eine Kampfszene aus einem Shakespeare-Stück. Der Wendelin, der dir aufgemacht hat, unterrichtet einen Workshop für verschiedene Kampftechniken in klassischen Bühnenstücken. Lola und Rico sind die Versuchskaninchen, die ihre Künste dann herzeigen dürfen vor den Teilnehmerinnen!"

Ira deutete auf die beiden Fechter. Sie verbeugten sich vor mir:

„Werte Amme, eine Freude! Stets zu Ihren Diensten!"

Ira lächelte mich an und erklärte, dass alle fünf WG-Bewohner zusammen auf die Schauspielschule gegangen waren. Auch jetzt, wo alle schon im Berufsleben standen, wollten sie diese Wohnform nicht aufgeben, derzeit passe es einfach noch perfekt.

„Wir sind wie eine Großfamilie. Deswegen wollten sie dich auch unbedingt kennenlernen. Mal sehen, wie es dann in ein paar Monaten, einem Jahr sein wird ..."

Ira strich über ihren Bauch, sah mich mit ihren klaren blauen Augen an und das Lächeln wirkte nicht mehr ganz so gelassen:

„Alles ändert sich, alles ist im Fluss! Ohhhhmpaparapooooom."

Wir nahmen auf der Couch Platz und die war wirklich ganz gemütlich. Wir sprachen kaum über das Baby in Iras Bauch, denn sie erklärte, sich rundum wohl zu fühlen. Von sich aus kam sie wieder auf ihre Arbeit zu sprechen. Was dem Kind in ihrem Bauch zu viel sein könne? Ich sagte der werdenden Mutter, wenn sie sich weiterhin gut und fit fühle, sei der Zeitpunkt der Schwangerschaft ideal, um kraftvoll auf der Bühne zu stehen. Vom dritten bis zum fünften Monat fühlten sich die meisten schwangeren Frauen am wohlsten; die Hormone sind stabil, der Bauch noch nicht riesig und schwer. Auch die Müdigkeit der ersten Wochen lässt deutlich nach.

„Das hört sich gut an, aber am besten, ich zeige dir die Szenen!"

Schon sprang Ira auf und rannte von einer Seite des Zimmers zur nächsten. Sie erklärte, dass am Anfang des Stückes viel Bewegung geschehe, die Inszenierung unter Mirjam Unger sei mit Musicalelementen versehen. Später dann würde sie singen und tanzen. Iras Rolle sei die der Erika, einer jungen, arbeitslosen Frau, deren Traum es ist, so berühmt wie Popstar Madonna zu werden. Neben der zweifellosen Ähnlichkeit müsse diese nur an ihrer Stimme arbeiten. Ira bedeutete mir, einen Moment zu warten, lief ins Nebenzimmer und kam drei Minuten darauf zurück – als ebenjene Königin der Popmusik gestylt. Verblüffenderweise sah die Schauspielerin nun wie Madonna Ende der 1980er Jahre aus, bewegte sich wie sie. Irgendwie hatte sie es sogar geschafft, die berühmte Zahnlücke hinzukriegen. Ira stellte sich auf einen Hocker und begann aus voller Brust „Like a virgin" zu singen. Es war eine grandiose Darbietung und die Privatvorstellung eine große Ehre.

Ein bisschen außer Atem ließ sie sich nach dem letzten Ton neben mich auf die Couch fallen. „‚Like a Virgin‘, na das kann ich nicht lange mehr behaupten", sie streckte ihren Bauch besonders weit heraus und schien schon wieder in einer anderen Rolle zu sein. Madonna meets Mundl? Ira saß breitbeinig da und schimpfte im Wiener Dialekt:

„Heast, mein Babybauch ist ned deppat. Er tut manchmal die Pappn aufreißen, und is goschert, aber bei der Mutter, ka Wunder ..."

Ich klatschte ein paar Mal in die Hände, um ihre gelungene Improvisation zu würdigen, und hatte keinen Zweifel daran, dass sie es als Schauspielerin noch weit bringen würde. Den Vater ihres ungeborenen Kindes erwähnte Ira bei diesem Treffen mit keinem Wort. Ich sollte ihn aber schon beim nächsten Mal kennenlernen.

Ira bat mich darum, bei einer Probe des Stückes dabei zu sein, sie wartete beim Bühneneingang auf mich. Der Portier begrüßte sie knapp, rang sich dann aber ein breites Lächeln ab, als sie mich vorstellte:

„Hans, das ist die persönliche Bodyguarderin vom Zwuckizwu. Ich habe jetzt einfach immer eine Hebamme mit, falls es doch bald losgeht."

Wieder streckte sie den Bauch ganz weit heraus und dann tänzelte sie den Gang entlang. Ich folgte ihr und tauchte hinter den Kulissen in eine Theaterwelt ein, wie ich sie noch nicht gekannt hatte.

Ira führte mich überall hin: in die Garderobe, zur Maske, in den Technikraum, zu den Kostümen. Zu jeder Station ließ sie sich lustige Sprüche einfallen; dazu steppte sie einmal, dann wieder deutete sie ein Duell an. Die Energie dieser Frau mit den lustigen Sommersprossen auf der Nase schien endlos zu sein. Schließlich bat sie mich, im Zuschauerraum Platz zu nehmen. Sie rieb sich aufgeregt die Hände und deutete auf eine Stelle ganz am Rand, wo vage eine Gestalt zu sehen war:

„Genau da, setz dich bitte dahin!"

Ira nahm mich an der Hand und brauste mit mir los.

„Schau, das ist mein Schatzi, der Harry!"

Noch immer hielt sie meine Hand und drückte sie aufgeregt. Der Mann stand von seinem Platz auf und begrüßte uns. Ira lieferte in kurzen Umrissen die Geschichte ihrer Liebe: Er war ihr Steuerberater und aus Dank für seine Geduld hatte sie ihn auf ein Eis eingeladen. Sie hatte versehentlich zu wenig Geld mit und so mussten sie sich ein Stanitzel mit drei Kugeln teilen.

„Erdbeer, Vanille und Zitrone hat er sich ausgesucht. Da wusste ich, er ist der Mann fürs Leben!"

Noch ein paar schmatzig-schallende Küsse fürs Schatzi und Ira sauste schon wieder los. Harry machte einen sympathischen Eindruck, wenn er auch ganz anders war als Ira. Hätte ich mir jemanden für sie vorgestellt, dann vielleicht einen wilden Rockstar oder einen Profisportler. Jemand, der vor Energie sprüht, so wie sie. Wobei ich die Theorie mit den Eissorten für sehr plausibel hielt. In Gedanken ging ich meine Ex-Freunde durch und stellte fest, am längsten hat es mit jenen gehalten, die einen ähnlichen Geschmack wie ich hatten.

Dann begann die Theaterprobe. Wieder sah ich Ira als Madonna gestylt, in der Interaktion mit ihrem Bühnenfreund Mike. Die beiden spielten ein verliebtes Paar mit allem, was dazugehört. Liebevolle Worte, einige Zärtlichkeiten und schließlich auch ein Kuss. Je näher sich die zwei auf der Bühne kamen, desto seltsamer verhielt sich Harry. Aus meinem Augenwinkel sah ich zuerst, wie er stark mit seinem Bein wippte. Dann, bei den Umarmungen, presste er seine Hände gegeneinander. Und beim Kuss konnte ich entdecken, wie sich der Mann neben mir in seinem Samtsessel heftig wand und schließlich darin versank, seine Hände vor die Augen haltend. Also fragte ich, ob es ihm gut gehe. Halb auf dem Sitz liegend lächelte er mich schief an und meinte:

„Jaja, danke, alles in bester Ordnung!"

Nach der Probe tänzelte Ira wieder zu unserem Platz. Sie war aufgekratzt und fragte, wie uns ihre Darbietung gefallen habe. Ich beglückwünschte sie zu ihrem Auftritt, sie wirkte überzeugend in dieser Rolle, die sich tiefgehend entwickelte im Laufe des Dramas. Jetzt konnte ich ihr auch ein ehrliches Feedback zur Anstrengung geben. Meines Erachtens und wenn sie gut auf ihren Körper höre, konnte sie die ganze Spielzeit mit dabei sein. Harry brachte kaum ein Wort heraus, verlegen stammelte er unzusammenhängend ein paar nette Worte. Immer noch zappelte er herum, sein Auge zuckte. Ira fand das entzückend, deutete es als Nervosität.

Wochen vergingen und Ira wurde durch ihr Mitwirken in der Produktion zu einem gefeierten Bühnenstar. Als ich zu einem Hausbesuch kam, verließ gerade ein Kamerateam die WG – sie hatten eine Reportage mit Ira für den Kulturmontag des ORF gedreht. Harry war für einige Sequenzen mit dabei gewesen und nun sehr aufgelöst.

„Diese Fragen, diese Fragen", murmelte er vor sich hin und schien mich zuerst kaum zu bemerken.

Ira grinste und meinte leise, es sei sein erstes Mal gewesen und er habe wohl Angst, schlecht geantwortet zu haben.

„Du hast dich aber super geschlagen, Schatzi", bemerkte sie ihm gegenüber und schmatzte ihm einen ihrer lauten Küsse auf den Mund.

Ira schmiss sich wieder auf die Couch und wir taten es ihr nach. An diesem Tag hatten wir ein längeres Gespräch über die Hausgeburt und wo das Kind auf die Welt kommen solle. Harry wohnte außerhalb von Wien und meinte, dort sei der perfekte Ort, um das Baby zu gebären. In seinem Haus herrsche Privatsphäre, im Gegensatz zu Iras WG. Das sah die werdende Mutter ein bisschen anders. Sie wolle nicht bei ihm draußen tagelang auf die Niederkunft warten. Grinsend fragte mich die Frau, ob sie diesen Punkt noch spontan entscheiden könne?

„Selbstverständlich", entgegnete ich.

Die Zeit verging und eines Abends rief mich Harry an. Ich trat gerade mit einer Hebammenkollegin aus dem Kinosaal, da spürte ich das Vibrieren meines Handys. Ich lachte auf, hatte damit eine Wette gewonnen. Immer, wenn eine von uns, während wir gerade etwas zusammen machen, zu einer Geburt weg muss, zahlt die andere ihr beim nächsten Mal eine heiße Schokolade oder eine Portion Popcorn. Harry war nur ganz leise am anderen Ende der Leitung zu hören, er stammelte etwas davon, dass Ira nun das Baby bekommen würde, ich solle ganz schnell kommen. Ich bat den werdenden Vater, das Telefon seiner Freundin hinzuhalten. Recht entspannt konnte sie auf meine Fragen antworten. Wir machten aus, die beiden mögen sich wieder bei mir melden, wenn die Wehen regelmäßig kommen würden.

Bis zum nächsten Morgen hörte ich nichts. Dann rief mich Harry erneut an. Jetzt, genau jetzt aber sei es so weit. Ganz bestimmt. Er habe die ganze Nacht über kein Auge zu tun können, weil er immer damit rechnen musste, jederzeit könne das Kind einfach aus seiner Freundin flutschen und plötzlich zwischen ihnen liegen. Schreiend. Weinend. Blutverschmiert. Der arme Mann schien komplett mit den Nerven am Ende zu sein, als er ausführte:

„Und, was mache ich dann, habe ich mich die ganze Zeit gefragt, was mache ich dann nur mit dem kleinen Ding? Ira hat ja so einen guten Schlaf, wenn sie einmal träumt, dann bekomm ich sie nicht leicht wach!"

Vorsichtig fragte ich, ob er vielleicht einen Alptraum gehabt habe? Kurz vor einer Geburt seien die Nerven aller Beteiligten angespannt – jene der werdenden Mama wie die des werdenden Papas. Vielleicht könne er sich für ein Schläfchen noch ein, zwei Stunden hinlegen, riet ich Harry, der die Idee dankbar annahm.

Dann reichte er Ira das Telefon. Quietschvergnügt, weil sie einen erholsamen Schlaf gehabt hatte wie seit Wochen nicht mehr, und überaus amüsiert von den Sorgen ihres Freundes, meldete sich Ira:

„Heast Gretl, das wär's doch? Ich bekomm das Butzi im Schlaf und wenn die Geburt fixfertig ist, das Kleine abgenabelt, gebürstet und fesch in einem Matrosenanzug steckt und vor allem das Frühstück bereitsteht, dann, aber erst dann, weckt ihr mich, vastehst?"

Bei so viel Gelassenheit stand hier gar nichts unmittelbar bevor. Ira meinte, sie habe ein Zwicken im Bauch. Vielleicht diese Braxton-Hicks-Wehen? Oder ein Senken? Jedenfalls glaube sie nicht daran, in den nächsten vier Tagen Mama zu werden. Irgendetwas an ihrer präzisen Formulierung machte mich stutzig und ich fragte nach. Wie sie das meine und warum sie sicher sei, in den nächsten Tagen noch nicht zu gebären.

Zuerst war sie still. Ich dachte schon, etwas stimme nicht mit der Verbindung. Dann sagte sie ganz leise ins Telefon:

„Ich mag nicht!"

Hatte ich sie richtig verstanden?

„Hast du Angst vor der Geburt, machst du dir Sorgen?"

„Nein, zur Not könntest du mir ja was geben gegen die Schmerzen, oder? Und einen Vodka hab ich auch im Eisfach ..."

„Klar, ich hab schon immer ein bisschen was mit. Aber das meinst nicht, stimmt's?"

„Nein, ich komm eh gut zurecht mit Schmerzen, normalerweise. Einmal hab ich mich auf der Bühne geschnitten und nix bemerkt – obwohl ich tropfenweise Blut verloren hab."

„Wird's dir zu viel, bald Mama zu sein?"

„Aber nein, ich freu mich voll auf das Baby! Und wenn ich was falsch mach, vielleicht bemerkt es das kleine Ding nicht, es kennt ja noch keine anderen Mamas."

„Das ist schön! Irgendwas stimmt aber nicht?!"

„Naja ... es ist eher irgendwo als irgendwas ... Harry wollte unbedingt, dass unser Kind bei ihm im Haus auf die Welt kommt. Aber da fühl' ich mich einfach nicht wohl. Noch nie. Das ist seine Bude mit seinen Sachen, und nicht mein Heim."

Es brach vieles aus der jungen Frau heraus, die ich davor immer nur als fröhlich und optimistisch erlebt hatte. Sie wolle ihr Kind unbedingt in der WG auf die Welt bringen. Das sei nun mal der Ort, an dem sie sich derzeit am wohlsten, beschützt und gut fühle. Harry hätte alles versucht, um eine heimelige Atmosphäre in seiner Bleibe zu schaffen. Aber dort gelang es ihr einfach nicht, loszulassen. Und in vier Tagen, so der Deal der beiden, würden sie wieder nach Wien fahren. Ab dem Zeitpunkt würden sie täglich den Ort wechseln, um das Kind entscheiden zu lassen, wo es auf die Welt kommen wolle.

Einmischen konnte ich mich in diese Angelegenheit nicht, aber ich hatte bemerkt, wie es beiden werdenden Eltern mit der Situation nicht gutging. Darum bat ich Ira, ob wir drei uns schon am nächsten Tag in der WG zu einem Hausbesuch treffen könnten. Mein Auto sei gerade in der Werkstatt, weshalb ich nicht zu Harrys Haus rausfahren konnte. Das stimmte, nur meinen Ersatzwagen erwähnte ich nicht.

Ira öffnete mir die Tür und strahlte. Als ob sie ihr Funkeln einfach wieder eingeschaltet hätte, vielleicht ging das automatisch beim Drehen des Schlüssels im Schloss. Weg war die Traurigkeit von gestern. Ich folgte ihr über die langen knarrenden Holzdielen ins Wohnzimmer. Dort kauerte Harry wie ein Häufchen Elend am Samtsofa und schüttelte den Kopf. Er begrüßte mich freundlich, aber ohne mich anzusehen, und fixierte dabei Ira, die beim Couchtisch kniend gerade Kuchenstücke auf Tellern verteilte. Es hatte den Anschein, als wären die beiden eben aneinandergeraten.

„Wenn ihr etwas Zeit braucht, ich könnte auch ..."

Ira winkte ab, nein, ich solle auf jeden Fall bleiben, bitte. Die junge Frau stand vom Boden auf, mit zwei Tellern in der Hand und fragte

„Wer hat Lust auf Obstkuchen?", als ihr mit einem Platsch die Fruchtblase platzte. Die Flüssigkeit verteilte sich in einer Lache auf dem Boden und Ira sah wunderschön aus in ihrem geblümten Schlafrock mit dem großen Bauch.

„Heast, ich hab gefragt, wer will Obstkuchen. Und nicht, wer will Mutterkuchen ..."

Harry schrie auf, als habe er plötzlich große Schmerzen bekommen und stellte sich hinter Ira:

„Leg dich hin, leg dich sofort hin. Die Blase ist geplatzt. Wir müssen liegend ins Krankenhaus transportiert werden. Ähm, ich meine, du sollst liegen, bis die Hebamme da ist!"

Wir schauten ihn etwas verwundert an und er schien sehr erleichtert, als er realisierte, dass die Hebamme bereits eingetroffen war. Ira ging in ein anderes Zimmer, um sich etwas Gemütliches anzuziehen, und Harry schüttelte wieder den Kopf, während ich einige Utensilien für die Geburt bereitlegte. Mein Gefühl, es würde losgehen, wenn die werdende Mutter wieder in ihrer vertrauten Umgebung angekommen wäre, hatte sich damit bestätigt. Mit der Geschwindigkeit hätte ich zwar nicht gerechnet, doch Jahre der Hebammerei haben mich gelehrt, auf alles, einfach alles vorbereitet zu sein.

Ich sprach Harry gut zu, wie schön es sei, denn bald würde ihr Baby geboren werden. Doch er murmelte nur etwas vor sich hin und so drückte ich ihm einen Teller mit Kuchen in die Hand, den er dankbar verspeiste. Nicht ohne zu betonen, er könne jetzt unmöglich etwas runterbekommen. Ira war zurück und legte ihren Oberkörper auf einen Stapel Sitzkissen. Sie tönte ein paar Mantras vor sich hin, wirkte dabei noch sehr entspannt.

Harry näherte sich seiner Freundin, zaghaft fragte er sie, wie sie sich das vorstelle. Das Kind könne nicht kommen, bevor sie nicht alles geklärt hätten. Ja, das sehe sie genauso wie er, meinte Ira zu ihm. Aber dann müsse er auch mit ihr reden und nicht nur stumm den Kopf schütteln. Über die nächsten Stunden hinweg wurde ich Zeugin, wie diese zwei werdenden Eltern ihre Beziehung auseinandernahmen. Sie stritten und schimpften und weinten miteinander. Schließlich, als Höhepunkt, stellten beide sogar die Vorliebe des anderen für die gleichen Eissorten infrage. Noch nie hatte ich zwei Menschen gehört, die über Eissorten in Streit gerieten. Währenddessen schritt die Geburt nur sehr langsam voran ...

Dann reichte es Ira:

„So, ich will einfach nicht bei dir da draußen wohnen, da fühl ich mich nicht wohl!"

Stille.

Darauf brachte Harry nur ein leises „Okay" hervor. Ira war entgeistert: „Wie okay? Einfach so?"

Harry nickte. Er würde auch viel lieber in der Stadt wohnen, habe aber immer das Gefühl gehabt, unbedingt für sie sorgen zu müssen, mit Garten und einer schicken Einbauküche. Dem setzte Ira entgegen, er kenne als ihr Steuerberater ihre Finanzen und wenn sie auch nicht reich sei, habe sie noch immer alles bezahlen können, was sie brauche, und führe eine gute Buchhaltung. Aber das Wichtigste sei: Sie würde nicht für ihn sorgen, er nicht für sie, sondern sie zusammen für das Butzi und zwar zuallererst mit ganz viel Liebe:

„Wenn es da jemals rauskommt! Denn wir sind die Eltern. Und das Butzi wird immer dafür sorgen, dass uns nicht fad wird, da bin ich mir schon mal sicher!"

Harrys Gesichtszüge entspannten sich und er stürzte zu seiner am Boden über dem Gymnastikball hängenden Freundin.

Sie umarmten einander, küssten sich ... Wäre sie nicht gerade unter der Geburt und somit anderweitig beschäftigt gewesen, die Schmuserei der beiden hätte sich zu mehr ausgeweitet.

Dann hörten wir ein Klatschen – Wendelin, Lola und Rico standen in der Tür. Die drei entschuldigten sich, es sei vielleicht nicht der beste Zeitpunkt, aber es passe zum Thema.

„Wir werden ausziehen, wohnt doch einfach hier in der Wohnung. Zu dritt. Wir haben alle ein Engagement bei einer Tournee, die ein halbes Jahr dauern wird. Wer weiß, was dann ist. Wo wir dann landen."

Ira war total verschwitzt und schaute glücklich drein. Sie konnte nur ein „Danke" rausbringen.

„Der Rest ist Schweigen", kommentierte Wendelin zufrieden mit einem Shakespeare-Zitat. Und Lola legte ein weiteres nach:

„Was ihr nicht tut mit Lust, gedeiht euch nicht."

Nachdem alles geklärt war, konnte sich Ira komplett auf die Geburt einlassen. Sie atmete tief und kräftig. Immer wieder sah sie ihrem Harry in die Augen. Unendlich erleichtert.

„Danke, danke, danke", raunte sie ihm zu und er entgegnete die gleichen Worte. Das Paar hielt einander an den Armen während der Wehenpausen. Immer, wenn die Kontraktionen anschwollen, umfing Harry seine Freundin mit seinen Armen. Er gab ihr Halt, sich auf das Schieben nach unten zu konzentrieren.

Nahezu lautlos, aber heftig die Luft ausblasend, wimmernd und weinend gebar Ira in der Nacht schließlich eine kleine Tochter. Harry schien sehr gerührt vom Anblick seines Kindes und sichtlich ebenso erschöpft zu sein. Ich verabschiedete mich nach einiger Zeit von dem Paar und der Kleinen, nachdem die ersten Stillversuche bestens geklappt hatten. Würde die Kleine Antigone heißen? Oder Ophelia? Julia oder gar Lady McBeth? Bei der großen Shakespeare-Liebe in diesem Haus rechnete ich fest mit dem Namen einer der großen Figuren des Poeten.

Am nächsten Morgen kam ich zum ersten Wochenbettbesuch und Ira schien schon wieder sehr fit zu sein. Emotional war die Geburt anstrengender gewesen als körperlich:

„Ein Äutzerl und a Futzal und a bisserle wengerle mehr", zwinkerte sie mir zu. Ich begleitete die junge Mama ins Badezimmer zu ihrer ersten Dusche und wartete vor der Tür, damit sie mich im Falle von Kreislaufproblemen jederzeit rufen konnte. Wendelin ging mit der Kleinen in der Wohnung umher, Lola und Rico rezitierten daneben Sonette mit der Melodie von bekannten Kinderliedern und Harry schlief erschöpft im Bett.

Erst, als sich Ira eine halbe Stunde später wieder zu ihm unter die Decke kuschelte, wachte Harry auf. Verschlafen setzte er sich im Bett auf, schaute umher und als er mich sah, schien ihm die Situation unangenehm zu sein:

„Ich geh' mich gleich mal anziehen. Entschuldige, Margarete, ich hab die Kleine die ganze Nacht anschauen müssen und wenig geschlafen."

Verständig nickte ich mit dem Kopf; vor mir müssen junge Eltern keine Scham haben. Jedenfalls nie, wenn sie schlafen, weil sie müde sind.

Da Ira noch immer unter stärkeren Wasseransammlungen in den Füßen litt und ihr Wochenfluss mir nicht stark genug schien, bot ich ihr an, sie zu akupunktieren. Ich wählte einige Punkte, die für das Loslassen stehen und die Energie im Körper wieder zum Fließen bringen. Während ich die Nadeln setzte, erklärte ich, was ich tat. Harry war wieder zum Bett zurückgekehrt und sah aufmerksam zu. Am nächsten Tag stellten Ira und ich fest, wie gut die Behandlung schon gewirkt hatte. Ihr passten wieder ihre Ballerina-Hausschuhe und sie blutete viel mehr als zuvor, eine normale Menge, sodass ihr Körper sich erholen konnte von der Geburt.

Trotzdem wollte ich auch an diesem und am nächsten Tag noch Nadeln setzen. Wieder sah Harry mir sehr interessiert dabei zu. Dieses Mal stellte er mir auch Fragen zu dem, was ich tat. Ob man die Nadeln für alles einsetzen könne? Ein paar typische Behandlungsgebiete zählte ich ihm auf: Ich akupunktiere gerne, wenn die Frau Beschwerden beim Stillen, Milchstau oder Kreislaufprobleme hat. Harry druckste herum. Ob es auch Punkte gebe, wenn die Beschwerden psychischer Natur seien. Babyblues oder Wochenbettdepression zum Beispiel. Ich wandte mich etwas erschrocken an Ira, wollte wissen, ob es ihr gutgehe.

Sie nickte: „Müd bin ich, eh klar. Aber sonst freudig wie ein lackiertes Hutschpferd bis jetzt ...“

Nun druckste sie herum und deutete mit dem Kinn zu Harry.

„Aber den da hat es erwischt. Immerzu heult er in der Nacht. Stundenlang. Ich hab dann zu ihm gemeint, wenn uns Frauen das Gschroppenkriegen auf die Stimmung schlagen kann, dann bestimmt auch den Männern. Also ich bin da auf jeden Fall für Gleichberechtigung.“

Beim Blick auf Harry wurde mir einiges klar: Er hatte wohl tatsächlich den Babyblues. Ihm tropften die Tränen die Wangen hinab, mit einer Hand wischte er sie mit dem Pulliärmel trocken, mit der anderen streichelte er seine Tochter, die am Bett vor ihm lag und friedlich schlief.

Zehn Minuten später hatte ich beide Elternteile so akupunktiert, wie es meine Erfahrung als Hebamme und Menschenkennerin zuließ. Entspannt lagen Ira und Harry am Bett, auf ihnen einige Nadeln verteilt vom Scheitel bis zur Sohle. Sie hielten einander an den Händen. Mit der Kleinen am Arm gab ich dem Paar ein wenig Privatsphäre und die Möglichkeit, die Behandlung auf sich wirken zu lassen. Zusammen wanderten wir durch die Wohnung.

In der Küche traf ich auf Wendelin, der mir eine heiße Schokolade machte. Als er sie mir servierte, bemerkte ich, dass er ganz steif war im Rücken:

„Verrissen?“, fragte ich ihn.

Er grummelte etwas vor sich hin:

„Besser selbstgemacht verrissen, als ein Verriss von einem Kritiker.“

Er sei besser dran als Lola, die vom vielen Vorzeige-Fechten schon einen Tennisarm habe. Kurz darauf hatte ich auch diese zwei mit Nadeln versorgt und verließ die WG nach einer Rundumbetreuung fast aller dort Wohnenden.

Die ganze nächste Woche erkundigte ich mich zuerst nach dem Befinden der Kleinen, dann nach jenem von Ira und schließlich wollte ich wissen, wie es Harry ging. Mama und Tochter waren schon am dritten Tag nach der Geburt sehr fit und ein eingespieltes Team. Das Baby trank ausreichend und Ira hatte bald keine Wochenflussbeschwerden mehr. Auch Wendelin und Lola waren bald wiederhergestellt. Nur Harry schien noch immer stark angeschlagen zu sein. Je mehr Zeit verging, desto intensiver schien er meine Zuwendung zu brauchen.

Nach zehn Tagen war mir und Ira klar, es würde nun der letzte Hausbesuch anstehen. Harry hatte es sich gerade am Bett gemütlich gemacht, die

Ärmel seines Pyjamas hochgekrempelt, und wartete auf seine Akupunktur. Doch statt Nadel zog ich aus meiner Hebammentasche eine Kräutermischung. Sie würde ihm ab jetzt bestimmt guttun. Jeden Tag solle er einen Trank daraus bereiten und zu sich nehmen, bis sich seine Stimmung gebessert habe.

Einige Wochen später rief ich Ira an, um zu hören, wie es der kleinen Familie gehe. Harry sei schon wieder fast ganz hergestellt. Er komme täglich in der Früh mit zum Spazieren. Eine Therapeutin habe er sich gesucht und die Wochenbettdepression werde behandelt. Sie würden nun zu dritt in der Wohnung leben, berichtete die junge Mutter. Sie selbst habe ein Drehbuch zum Lesen zugeschickt bekommen für eine Serie:

„Margarete, du wirst es nicht glauben! Ich soll darin eine Hebamme spielen, die in einer zombieapokalyptischen Welt werkt. Urspannend."

Da sie mich nach einigen Details zu meinem Beruf befragen wollte, machten wir ein Treffen aus. Doch bevor wir auflegten, brannte mir eine Frage noch unter den Nägeln. Ich wollte unbedingt wissen, wie sie ihre Tochter genannt hatten.

„Du wirst es nicht glauben. Weil wir uns nicht entscheiden konnten, hat wirklich der Bundespräsident einen Namen aussuchen müssen. Ja, echt, das ist kein Mythos, ich hab auch immer gedacht, den Schaß erzählt man Eltern, damit sie sich zamreißen. Jedenfalls, du wirst nicht glauben, was der Sascha [inoffiziell für den österreichischen Bundespräsidenten Alexander van der Bellen] ausgesucht hat für die Kleine ..."*

Auf Nachfrage beim Social-Media-Team des Bundespräsidenten zu dieser Angelegenheit bekam ich folgende Antwort:

„Dazu darf ich Ihnen mitteilen, dass es eine solche Bestimmung nicht gibt, auch wenn das Gerücht seit Jahrzehnten immer wieder auftaucht."

Ira, du Schlingel, mogelst du etwa die Hebamme an?

Gesclossen*
Nach dem Krise
Wir sind wider Da ♡

RITA

Hebammenalltag: Überstunden, Nachtschichten
und 2020 auch noch eine Pandemie ...
Lockdown für alle, sogar im Bordell ;-)

Plötzlich war Covid-19 da. Zuerst ganz weit weg, am anderen Ende der Welt und dann in unserem Land – allgegenwärtig in den Medien und den tagtäglichen Gesprächen. Eine Pandemie hatte ich, wie wohl viele Menschen, für 2020 nicht am Plan. Der Lockdown kam und viele meiner Bekannten und Freunde mussten umschwenken auf Heimarbeit oder verkürzte Arbeitszeiten, andere schienen Tag und Nacht um das Weiterführen ihrer Selbstständigkeit kämpfen zu müssen.

Selbst das Bordell, das sich um die Ecke der Wohnung einer lieben Freundin befindet, war betroffen. Eine Epidemie fährt durch alle Schichten und Berufe. Am Eingang eines einschlägigen Etablissements waren lange die aufmunternden Worte zu lesen:

„Nach dem Krise – Wir sind wieder da.“

Und als Antwort mit zwei großen Herzen versehen:

„Nach dem Krise ist vor dem Krise.“

Wien ist anders. Wien ist halt schwarzgallig, in diesem Fall mit zwei eddingschwarzen Herzen statt eines goldenen.

Je ruhiger es in unserem Land durch das Runterfahren wurde, desto hektischer gestaltete sich meine Arbeit. Bis zu drei zusätzliche Anfragen für eine Geburtsbetreuung daheim bekam ich in den Monaten März, April und Mai 2020 – und zwar täglich! Viele Frauen hatten panische Angst davor, sich bei einer Geburt im Krankenhaus mit dem Virus anzustecken. Andere wiederum wollten sich nicht auf die Sicherheitsbestimmungen einlassen müssen und jedenfalls ihren Partner während der Geburt an ihrer Seite wissen. Zuerst herrschte zudem auch eine große Verunsicherung wegen einer möglichen Nasen-Mundschutz-Pflicht unter der Geburt. Immer wieder hörte ich dieser Tage von den Frauen also, wie viel besser es sei, zu Hause zu gebären. Wie viel intimer. Ohne Krankenhauskeime. Ohne rigide Vorschriften. Im eigenen Rhythmus, in den eigenen vier Wänden.

Geduldig lauschte ich den Sorgen, Ängsten und Überlegungen jeder Frau und musste doch immer denken: Meine Rede! Auch wenn gerade keine apokalyptische Stimmung herrscht, ist es in der Regel viel schöner, zu Hause ein Baby zu bekommen. Aber was soll eine gestandene Hausgeburtshebamme auch anderes sagen ...

Fast jede Frau konnte bei einer passenden Kollegin oder bei mir „untergebracht“ werden für Geburt oder Nachbetreuung. Wieder einmal bewährte sich unser Hebammenverteiler. In diese Chat-Gruppe schreiben wir stichwortartig Gesuche von Frauen, die noch niemanden zur Betreuung haben. Mit der Angabe von Schwangerschaftswoche und Wohnort werden meistens innerhalb von wenigen Stunden die ersten Matches gefunden; so zum Glück auch während der Corona-Krise.

Mittendrin in dieser chaotischen Zeit sollte Rita ihr zweites Kind bekommen. Ihr erster Sohn hatte lange in Steißlage gelegen, konnte jedoch rechtzeitig vor der Geburt mit diversen Tricks wie der indischen Brücke und dem Leuchten der Taschenlampe gegen die Bauchdecke dazu bewegt werden, sich zu drehen. Rita hatte darum ein gutes Gefühl für die Geburt gehabt und als die Wehen regelmäßig kamen, machte sie sich freudig mit ihrem Mann auf den Weg in die Klinik. Dort konnte sich die werdende Mutter allerdings nicht gut fallen lassen, die Wehen wurden immer weniger und hörten schließlich ganz auf.

Die Geburt wurde nach einigen Stunden und diversen Mitteln zur Ankurbelung der Kontraktionen, die nicht den erwünschten Effekt brachten, mit einem Notkaiserschnitt beendet. Die Diagnose Geburtsstillstand war für Rita, wie auch für viele andere Mütter, ein sehr unbefriedigender Grund für eine operative Geburtsbeendigung. Im OP hatte ihr wenigstens eine – wie sie es ausdrückte – „ganz entzückende" Anästhesistin kurz vor der Pension zur Seite gestanden. Sie lenkte die aufgeregte Gebärende mit einem lockeren Gespräch ab und schnappte sich die Fotokamera von Ritas Mann, um die ersten Momente des soeben geborenen Kindes einzufangen.

„Im Gegensatz zu meiner Gynäkologin ist diese Frau Doktor jeden Tag danach zu mir gekommen und hat mich gefragt, wie es mir geht. Als ich sie das erste Mal wiedergesehen habe. Da konnt ich noch nicht einmal aufrecht stehen wegen der Wunde und hab gefühlte 10 Minuten gebraucht, um das Klo zu erreichen. Und diese Ärztin hat mir derart lieb zugesprochen, die Daumen gehalten, damit ich's wieder gut zum Bett schaffe", fasste Rita ihr Erlebnis im Krankenhaus zusammen. Rita war sehr wehmütig in Hinblick auf die Geburt, die ganz anders verlaufen war, als sie es gehofft hatte.

Nun wünschte sich die zierliche Reitlehrerin einen natürlichen Start für ihr nächstes Kind. Die Schwangerschaft verlief unauffällig, bis auf Rückenschmerzen hatte Rita keine Beschwerden. Mit diversen Übungen zur Lockerung oder Kräftigung der Muskeln bekam sie diese Schmerzen gut in den Griff.

Als der Lockdown kam, war sie bereits hochschwanger. Immer wieder betonte sie, froh zu sein, den Weg der Hausgeburt gewählt zu haben. Denn im Krankenhaus würde sie es nun nicht gut aushalten können.

Unter Tränen rief mich Rita eines Tages nach ihrem Ultraschalltermin an, wieder habe sich ihr Kind in die falsche Richtung gedreht:

„Margarete, wie kann denn das sein? Schon wieder ein Beckenendlagen-Baby? Was sind denn die Wahrscheinlichkeiten dafür? Wie ein Lottogewinn, oder? Ich kann das echt nicht verstehen! Wieso finden meine Kinder den Ausgang nicht?"

Über diese Aussage mussten wir dann beide lachen, witzelten noch ein bisschen herum, doch die ausgelassene Stimmung hielt nur kurz. Denn ein Kind in Steißlage ist für eine Hausgeburt ein Ausschlusskriterium, bei dieser Kindslage gilt in Österreich die Arzthinzuziehungspflicht. Nur im Ausnahmefall kann ich eine solche Geburt betreuen. Wie zum Beispiel einmal, als ich erst während der Wehen bemerkte, in welcher Lage sich das Kind im Bauch befand. Mama Elli hatte noch Tage davor einen Ultraschall gehabt, bei der ihre Tochter mit dem Kopf nach unten zu sehen war. Die Kleine musste sich während der Kontraktionen gedreht haben, was selten, aber doch passiert. Die Sanitäter, die ich damals rief, und auch meine Hebammenkollegin, die ich verständigt hatte, kamen zu spät zur Geburt. Doch die Mutter und ich schafften es, dem Kind im Geburtspool auf die Welt zu helfen. Elli, auch eine Frau mit vorangegangenem Kaiserschnitt, war im Nachhinein sehr froh darüber, dass keiner bemerkt hatte, wie ihre Tochter im Bauch lag. Denn es hätte ziemlich sicher eine Re-Sectio, also eine abermalige Schnittentbindung, bedeutet.

Ein weiterer Kaiserschnitt wurde nun auch Rita angeraten. Ihr Gynäkologe wollte ihr die Vorzüge eines geplanten Termins schmackhaft machen, doch die Frau wollte Alternativen von ihm hören; weder indische Brücke noch Taschenlampe hatten dieses Mal zum Erfolg geführt. Er schickte sie daraufhin in ein großes Wiener Krankenhaus zu einem Oberarzt, der sich mit Beckenendlagenentbindungen auskannte. Trotz der Corona-Maßnahmen gelangte die Schwangere nach einer Überprüfung ihrer Daten am Eingang zügig ins Krankenhaus und zur gynäkologischen Abteilung.

Der avisierte Arzt war an jenem Tag offenbar nicht gut aufgelegt, denn als Rita erwähnte, eine Hausgeburt angestrebt zu haben, wurde er sehr emotional und rechnete ihr die Wahrscheinlichkeit für eine Uterusruptur vor. Ungehalten schimpfte er über Hausgeburten und fügte hinzu, Hebammen, die so etwas machen würden, „gehören ja ins Gefängnis!"

In der Fachliteratur wird diese gefährliche Komplikation, bei der die Gebärmutter unter der Geburt aufreißt, oft mit unter einem bis drei Prozent bei einem vorangegangenen Kaiserschnitt beziffert. Was viele allerdings nicht bedenken: Eine Uterusruptur kann in jeder Schwangerschaft auftreten, auch in einer ersten. Zudem gibt es eine Reihe von Möglichkeiten, das Risiko für einen Riss in der Gebärmutter zu senken. Zeit und aufmerksame Geburtshelfer, die die Mutter gut kennen, sind beispielsweise sehr entscheidende Faktoren. Interventionen im Krankenhaus wie die Gabe von Wehenmitteln oder einer PDA hingegen können das Rupturrisiko negativ beeinflussen.

Rita ließ sich vom Gespräch mit dem Arzt nicht verunsichern. Sie hatte sich selbst viel mit dem Thema Geburt nach Kaiserschnitt beschäftigt und eingehend über den Ablauf informiert. Zudem wollte sie nicht um jeden Preis eine natürliche Geburt, jedoch vor einem Terminkaiserschnitt alle Alternativen ausschöpfen. Also machte Rita in einem anderen Krankenhaus, in dem äußere Wendungen öfter gemacht wurden, einen Termin aus. Zusammen mit ihrem Mann fuhr sie dafür sogar extra nach Linz. Dort erwähnte sie ihre Hausgeburtspläne mit keinem Wort. Das Ärzteteam besprach sich und die äußere Wendung sollte noch am selben Tag stattfinden.

Nach einem Ultraschall zur Bestimmung der genauen Lage im Bauch ging es los mit dem Wendeversuch. Zuerst probierten es zwei Ärzte, doch sie spürten bald Widerstand und konnten das Kind nur etwa 40 Grad drehen. Dann kam noch der Oberarzt hinzu, der die Wendung jedoch ebenfalls nicht vornehmen konnte. Rita war frustriert und sauer. Sie musste wegen der Prozedur zur Sicherheit über Nacht im Krankenhaus bleiben und rief mich am Abend an.

Vorsichtig sprach ich die Theorie an, wonach Kinder, die „verkehrt" im Bauch liegen, meist einen Grund dazu haben. Rita teilte diese Meinung und am Ende unseres Gespräches hatte sie neuen Mut für die Geburt gefunden: Es würde alles kommen, wie es sollte.

Am nächsten Tag war Rita schon bereit für die Entlassung aus dem Krankenhaus, als eine Ärztin zur Tür hereinkam, die sie noch nicht kannte. Die Frau im weißen Kittel hatte ihre Akte in der Hand und stellte einige Fragen zu Ritas Befinden. Dann wollte die Ärztin wissen, ob sie vielleicht auch noch einmal probieren dürfe, das Kind in ihrem Bauch zu wenden. Rita zögerte. Noch eine Nacht im Krankenhaus bleiben für einen Versuch der doch sicher wieder nicht klappen würde? Fest entschlossen, „Nein" zu sagen, kam dann doch ein „Ja" aus ihrem Mund. Rita beschrieb es später als schicksalhafte Fügung – in Wahrheit habe ihr Baby die Antwort gegeben. Die Ärztin schaffte die äußere Drehung des Kindes innerhalb von drei Minuten und Rita rannen die Tränen herunter. Danach wurde wieder ein Ultraschall gemacht, bei dem das Ärzteteam vorschlug, die werdende Mutter könne doch gleich dableiben. Man könne die Geburt sofort einleiten, immerhin sei sie schon in der 38. Schwangerschaftswoche. Vielleicht sei es sinnvoll, kurz darauf auch die Fruchtblase zu sprengen und ...

Doch Rita wollte davon nichts hören und den Dingen lieber ihren Lauf lassen. Sie bedankte sich recht freundlich bei den Ärzten und fuhr am nächsten Tag wieder zurück in den niederösterreichischen Ort, in dem sie lebte.

Einige Tage hörte ich nichts von Rita. Am Tag ihres errechneten Geburtstermins kam ich zu einem Hausbesuch vorbei, wir wollten die weitere Vorgehensweise besprechen. Ihr Mann öffnete die Tür und bat mich, in der Küche Platz zu nehmen. Ich wusch und desinfizierte mir die Hände und trug meinen Mund-Nasen-Schutz. Wenige Minuten später kam Rita, in einen kuscheligen rosa Bademantel gehüllt und tiefenentspannt. Sie lächelte mich an und meinte, eine Freundin, die auch Masseurin sei, habe sie gerade durchgeknetet. Überhaupt habe sie noch einiges zu erledigen, bis das Baby komme. Besonders jetzt, da die Corona-Maßnahmen gelockert waren. Sie erzählte, dass sie ihren Mann und ihren Sohn in zwei Tagen zur Schwiegermutter schicken wolle, um sich auf die Geburt vorzubereiten. Sie brauche noch ein paar Tage allein für sich.

Ich untersuchte die junge Frau. Ihr Muttermund war noch komplett zu, eine Geburt in nächster Zeit eher unwahrscheinlich.

Wir machten aus, jeden Tag zu telefonieren und uns in einer Woche noch einmal zusammenzusetzen. Rita verbrachte die darauffolgende Zeit mit allem, was ihrer Seele guttat. Sie führte ihr Pferd aus, an der Hand ging sie mit ihm spazieren. Sie fuhr nach Wien, um sich noch mit einer lieben Freundin am Naschmarkt zu treffen. Sie genoss es, ungestört zu lesen und sich die Fußnägel zu lackieren. Sogar einen neuen Haarschnitt, einen Pagenkopf, ließ sie sich noch schneiden. Von der Entspannungskur erhoffte sich Rita, ihre Schwangerschaft und ihr Kind loslassen zu können. Es auf die Reise von innen nach außen zu schicken.

Doch es tat sich nichts in ihrem Bauch. Auch sieben Tage nach dem vermuteten Geburtstermin war das Gewebe des Muttermunds noch fest. Wir besprachen verschiedene Möglichkeiten. Einen Wehencocktail, auch in sanfter Ausführung, wollte ich ihr nicht mischen, denn bei Frauen, die einen Kaiserschnitt hatten, muss man bei der Intensität der Geburtsanstupsversuche aufpassen. Ich akupunktierte Rita, was sehr angenehm für sie war, aber nichts in Gang setzte. Ein Schäferstündchen mit ihrem Mann brachte auch nicht die erhoffte Wirkung. Rita war sehr enttäuscht darüber, dass die Geburt nicht losging. Also fragte sie mich nach stärkeren Möglichkeiten der versuchten Einleitung. Wir besprachen Verschiedenes. Rita war plötzlich sehr frustriert und wurde immer besorgter. Sie hatte nun große Sehnsucht, ihr zweites Kind kennenzulernen und in die Arme schließen zu dürfen.

In der Nacht vor unserem nächsten Treffen hatte ich einen Traum. Surreale Bilder. Wilde Farben. Geräusche des Gebärens. Ein großer Bauch, ein noch größeres Kind darin. Dann platzte der Bauch mit einem schallenden Knall wie ein Luftballon: Zack, und ich war wach. Meine Hände zitterten, mein Herz raste. Tief atmete ich ein, dann aus. Erschrocken hatte ich das bestimmte Gefühl, Ritas Baby müsse bald auf die Welt kommen.

Zwei Stunden wartete ich, bevor ich Rita anrief; ich wollte sie nicht zu früh wecken. Um halb neun schien sie jedoch schon putzmunter zu sein und meinte, auch eher unruhig geschlafen zu haben. Ich erzählte ihr nicht von den Bildern aus meinem Traum, doch sagte ich ihr klar, dass ich kein gutes Gefühl mehr hätte, mein Empfinden sich nun geändert hatte und ich darum unruhig sei. Ich könne mir nicht mehr vorstellen, sie ruhigen Gewissens zu Hause bei der Geburt zu begleiten, und schlug ihr eine baldige Verlegung ins Krankenhaus vor.

Rita sagte einige Sekunden lang nichts. Dann schien sie erleichtert zu sein und redete drauflos. Sie habe in der letzten Nacht auch nicht gut geschlafen, sich hin und her gewälzt, dabei immer wieder überlegt, wie es weitergehen könne. Ihr Gefühl dabei sei eindeutig gewesen:

„Mein Baby macht einfach keine Anstalten, rauszukommen. Zuerst lag es falsch, hat den Ausgang nicht gefunden, jetzt liegt es richtig, ist aber zu faul, sich auf den Weg zu machen, oder was?"

Rita schien sich zu freuen, als ich aussprach, es sei an der Zeit, ihr Kind zu holen. Gegen Mittag kam ich bei ihr zu Hause an und wir hielten einander fest an den Händen – der Ersatz für eine Umarmung in Corona-Zeiten. Rita strich über ihren Bauch, während ich in der Privatklinik anrief, um einen Termin für die Sectio auszumachen. Als ich auflegte, rann ihr eine Träne über die Wange. Ich sagte ihr, wie leid es mir täte, dass es mit der vaginalen Geburt nicht klappen würde. Doch sie meinte, es seien Tränen der Vorfreude auf ihr Kind. So lange habe sie gewartet und nun würde es endlich so weit sein.

Zusammen fuhren wir am nächsten Tag in die Klinik. Ritas Mann, hatte das Paar beschlossen, würde nicht mitkommen, sondern sich um den ersten Sohn kümmern. Der Dreijährige war mit der Situation überfordert, dass seine Mama doch recht plötzlich ins Krankenhaus fahren musste, und er wollte nicht auch noch seinen Papa weggehen lassen.

Wir besprachen den Kaiserschnitt mit einer offenen, sehr freundlichen, jungen Anästhesistin, die auf alle Fragen einging. Rita wünschte sich eine sogenannte „Mum Assisted Birth", eine Geburt, bei der sie mithelfen konnte, statt passiv zu sein. Dabei wird das Tuch, das zwischen dem Gesicht der Frau und ihrem Bauch gespannt ist, abgesenkt. Der Blick wird freigegeben auf die ersten Lebensmomente des Kindes, die Mutter kann sehen, wie ihr Kind aus dem Bauch gehoben wird. In wenigen Kliniken weltweit wird es der Frau sogar möglich gemacht, ihr Kind ein Stückchen selbst – mit Unterstützung durch Hebamme oder Ärztin – aus dem Bauch zu heben. Doch wegen Corona war Letzteres unmöglich.

Die Anästhesistin bot Rita dafür an, ein Video mit dem Handy zu machen, um die ersten Augenblicke festzuhalten. Die Ärztin, die den Kaiserschnitt durchführen würde, stimmte grummelnd zu, jedoch nicht, ohne mich nachher unter vier Augen darauf hinzuweisen, dass wir uns mitten in einer Gesundheitskrise befänden. Froh sollen wir sein, wenn nicht mit Maske und ganz allein geboren werden muss! Ich gab ihr recht. Doch wies ich meinerseits darauf hin, eine Geburt solle immer so selbstbestimmt wie möglich für die Frau ablaufen. Das Absenken den OP-Tuches würde kein zusätzliches Risiko bergen. Im OP trugen wir ohnehin alle einen Mund-Nasen-Schutz und spezielle Kleidung. Schließlich konnten wir uns gut darauf einigen.

Ein paar Stunden später war es so weit. Rita lag am OP-Tisch, ich auf der einen Seite in grüner Schutzkleidung, die Anästhesistin auf der anderen Seite. Wir strichen ihr über die Wange, als der erste Schnitt gesetzt wurde, und erklärten abwechselnd, was gerade passierte: Durchtrennung der verschiedenen Haut- und Muskelschichten des Bauches, Aufdehnung.

Die Anästhesistin senkte das Tuch rechtzeitig, damit Rita genau beobachten konnte, wie ihr zweiter Sohn aus dem Schnitt in ihrem Bauch herausgezogen wurde. Ich stützte ihren Kopf, damit sie möglichst gut sehen konnte. Die Anästhesistin machte derweil sogar ein Live-Video, sodass Ritas Mann in diesem entscheidenden Moment mit dabei sein konnte, so nah wie seine Ferne es zuließ. Und die Ärztin, die das Kind heraushob, hatte sich anscheinend ein Beispiel an unseren Erklärungen genommen und sprach nun auch über alle Schritte der OP. Nachdem sie den kleinen Jungen kurz in die Kamera gehalten hatte, legte sie ihn auf Ritas Brust. Als sie die Nabelschnur nach wenigen Minuten durchtrennte, machte sie das, indem sie den Vater durch die Kamera ansprach:

„Sind Sie bereit, Herr Vogel? Ich höre auf Ihr Kommando!"

Rita verbrachte den Rest des Geburtstags ihres Sohnes mit ihm kuschelnd. Für sie war die Geburt, trotz anderer Vorstellungen, stimmig und schön gewesen. Das freute mich, denn ich selbst hatte daran ein bisschen zu knabbern. Ungern verlege ich meine Frauen ins Krankenhaus, weil ich um ihre Wünsche weiß und sie mich oft gerade wegen meiner Hausgeburtshebammerei aussuchen. Doch in diesem Fall hatte mich mein Instinkt richtig geleitet, denn wie sich herausstellte, war es an der Zeit gewesen, zu handeln. Der Kleine war längst fertig ausgebacken und zeigte schon ein paar Übertragungszeichen; es ging ihm an einigen Stellen an den Füßen und Händen bereits die Haut ab und das Fruchtwasser hatte sich grünlich verfärbt.

Am Tag danach stützte ich Rita, als sie zum ersten Mal nach der Operation aufstand, und bat sie ans Fenster. Unten auf der Straße warteten ihr Ehemann und Sohn und winkten hinauf. Da rannen ihr Tränen übers Gesicht und wir machten uns sachte zusammen auf den Weg hinunter in den kleinen Garten des Spitals. Die kleine Familie kuschelte ausgiebig und Rita wollte danach gar nicht mehr in ihr Zimmer. Also besprach ich die Details ihrer Entlassung mit der Ärztin und eine Stunde später fuhren alle vier nach Hause.

Viele Tage lang beschäftigte mich Ritas Geburt. Ich sprach mit einer lieben Hebammenkollegin, Theresa, die seit Jahren in einem großen Wiener Krankenhaus arbeitet. Sie erinnerte mich daran, wie wichtig es ist, auch auf das Bauchgefühl zu hören. Schnell kann es manchmal gehen und „dann landen die Kinder bei uns auf der Intensiv". Wir würden beide, sie im Spital und ich bei den Geburten zu Hause, nach bestem Wissen und Gewissen handeln. Und doch könnten wir nicht alles kontrollieren. Manches zeichnet sich nicht ab, manch ein Notfall breche über sie herein, trotz all der medizinischen Geräte, all der technischen Möglichkeiten.

„Sind wir froh, dass wir es haben, das Bauchgefühl", denn das sei es, worauf wir Hebammen uns verlassen könnten, auch wenn es einen Stromausfall gebe oder ein Messgerät versage.

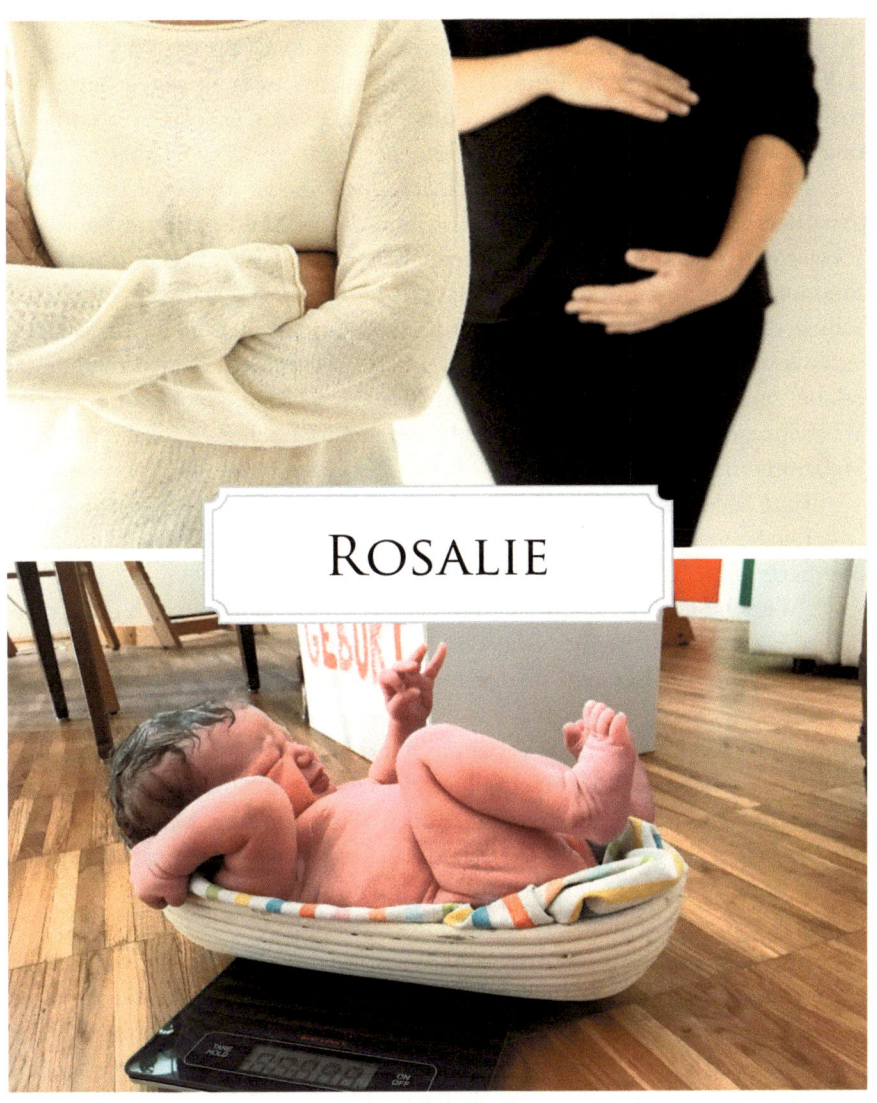

ROSALIE

Beckenendlagen sorgen immer wieder für Aufregung.
Vor allem bei Ärzten im Krankenhaus, die noch nie eine
natürliche Geburt aus Steißlage beobachten durften.

Manche Vorkommnisse, so heißt es, treten in Gruppen von drei auf. Das meinte meine Tante Ida, die zu allem etwas zu sagen hatte, damals in den Neunzigern, als erst Mutter Teresa starb, gefolgt von Lady Di und – Nummer drei habe ich zwar vergessen, das Sprichwort aber nicht.

An diesem Tag im Mai erinnerte ich mich wieder an ihre Worte. Mein ganz persönliches Dreiergrüppchen waren dieses Mal Kinder in Steißlage. Es war eine seltsame Häufung dieser seltenen Kindslage. Steckt kosmische Strahlung dahinter oder Magnetfelder? Oder, was am wahrscheinlichsten schien, die Frauen bewegten sich während des Lockdowns in der Coronazeit einfach weniger als sonst. Andere Dreierkonstellationen, die ich manchmal erlebe, sind Kinder, die zu Vollmond geboren werden, solche an gewissen Wochentagen in Folge oder drei Mal das gleiche Geschlecht hintereinander. Hebammenroulette im Casino des Lebens oder so.

Eine Wendung gelang bei Rosalies Kind nicht.

Die Scheidungsanwältin mit den schulterlangen blonden Locken kommentierte diese Tatsache trocken gegenüber dem Arzt:

„Wissen Sie, einer meiner ersten Fälle war es – da haben sich doch glatt die zwei gestritten darüber, wie das Kind in Steißlage zur Welt kommen soll. Das Ehepaar hat sich so in die Haare gekriegt, da war die Scheidung der einzige Ausweg. Zack und aus. Nur wegen einer Geburt! Damals hab ich mir geschworen, wenn ich mal ein Kind bekomme, lass ich mir vorher vom Vater des Kindes unterschreiben, dass ich das alleinige Recht über die Geburt habe. Das habe ich dann auch rechtzeitig vor dem Akt der Befruchtung gemacht. Dieses Paar – da war das Kind schon zwei Jahre alt und sie haben noch immer prozessiert. Die Geburt dürfte optimal verlaufen sein, vielleicht ruf ich die Frau mal an und hol mir Tipps."

Rosalie wusste um die Tatsache, dass sie ihr Kind in Beckenendlage nicht mit mir zu Hause auf die Welt bringen konnte. Als Empfehlung ihres Gynäkologen bekam sie ein Wiener Krankenhaus genannt, in dem es gang und gäbe war, Geburten in Steißlage zu betreuen. Erhalten würde ich ihr trotzdem bleiben – als Nachsorgehebamme.

Wir plauderten bei einer Tasse heißer Schokolade und umringt von vielen transparenten Babyelefanten als Abstandshalter auf Rosalies Dachterrasse im ersten Bezirk und schauten auf unsere Stadt, als ich ihr noch einige Vorschläge machte, die sie probieren könne, um ihr Baby in Kopflage zu bringen. Doch nichts schien zu passen für die Frau, eine äußere Wendung wollte sie aufgrund der Risiken nicht versuchen.

„Da geht meine schöne Idee dahin, im Whirlpool gebären. Ich habe mir das herrlich vorgestellt, mit einer bunten Lichtershow und den Düsen, die meinen Rücken massieren ...“

Sie deutete auf ein großes Becken in einer Ecke ihres Outdoorparadieses. Für Rosalie war eine Geburt im Spital nicht optimal, aber unter diesen Umständen in Ordnung.

Ihr Mann Peter schien von dem plötzlichen Ortswechsel viel irritierter zu sein als sie. Er war um einige Jahre älter als sie und wirkte mit seinem Vollbart und den Strickpullis meist wie ein zerstreuter Professor. Dabei war er ebenfalls Anwalt; auf dem Gebiet der Wirtschaftsjuristerei ein ganz gerissener Kerl, der selten einen Fall verlor, hörte ich von einem gemeinsamen Bekannten. Peter ließ sich noch einmal alles ganz genau von mir erklären. Wieso ich nicht doch eine Hausgeburt übernehmen könne, ob ich denn noch nie eine Beckenendlagengeburt betreut hätte?

„Doch, doch“, entgegnete ich, wies ihn aber auf die Arzthinzuziehungspflicht hin. Daraufhin ging er grübelnd in die Wohnung und als er zehn Minuten später zurückkam, hatte sich sein Gesicht aufgehellt.

Er habe die Lösung! Dann eben einen Arzt engagieren, den Dr. Schmidl, der hierher zu ihnen käme!

Rosalie lachte auf:

„Geh Peter, nicht einmal denken! Wahrscheinlich willst dann aus unserem Arbeitszimmer noch einen OP machen im Fall des Falles und vielleicht auch noch eine Krankenschwester engagieren. Außerdem ist der Dr. Schmidl ein Gastroenterologe. Und eine Schwangerschaft ist keine Verstopfung, auch wenn es sich manchmal so anfühlt.“

Er nickte zustimmend. Rosalie machte deutlich, ihre Reise gehe aufgrund der Umstände in eine medizinische Einrichtung.

„Krankenhaus!“, donnerte Rosalie. „Außer das werte Kind beschließt doch noch von selber, sich zu drehen. Bestechung oder geheime Absprachen, während ich schlafe, gelten aber nicht, Peter!“

Wenn die beiden vor Gericht jemals aufeinandertreffen würden, ich wäre gerne dabei, um mir dieses Spektakel anzusehen.

„Schon klar, Rosl“, entgegnete Peter kleinlaut, sich am Bart zupfend. „Du musst mich auch nicht immer daran erinnern, dass ich einen Vertrag unterschrieben habe. Ich misch' mich schon nicht ein in dein Gebären ...“

Der errechnete Entbindungstermin rückte näher und Rosalie wirkte recht entspannt. Sie werde eine natürliche Geburt versuchen und wenn es

nicht klappen würde, dann habe sie mit dem Oberarzt im Spital schon ausgemacht, wie der Kaiserschnitt verlaufen solle. Murrend habe er ihre Wünsche notiert, kopfschüttelnd immer wieder kommentiert:

„Gnä Frau, wir befinden uns in einer Zeit der Pandemie! Da sind Son-
derwünsche ... schwierig."

Das habe er mindestens vier Mal gesagt.

„Und ich habe dann einfach weitergesprochen und drauf geschaut,
dass er wirklich mitschreibt, paar Sachen buchstabiert, um ihn abzulenken.
Der ist ja eh ein Butterweicher und will, dass es uns Frauen gut geht, das
hab ich gleich gemerkt. Aber wie ich ihm dann gesagt habe, das Kleine
kommt sicher exakt in der 38. oder 39. Schwangerschaftswoche, da war er
glatt ein bisschen frech und hat gemeint, wie ich glauben könnte, das zu
steuern."

Rosalie hatte mir schon bei unserem allerersten Telefonat von einer
ganz speziellen Familientradition erzählt. Die Frauen in ihrer Familie be-
kämen ihre Kinder nämlich ausnahmslos alle zwischen der 38. und 39.
Schwangerschaftswoche. Seit Generationen habe sich das schon so abge-
spielt, mindestens bei 50 Babys sei das bewiesen. Darum war Rosalie auch
fest davon überzeugt, es würde sich bei ihr fortsetzen.

Aus diesem Grund machte sich die werdende Mutter einen Kontroll-
termin im Krankenhaus bei 38+2 aus. Statistisch gesehen exakt der Zeitpunkt, an dem die allermeisten Kinder in ihrer Familie geboren wurden,
von jenen, bei denen man es so genau wusste. Rosalie marschierte also
ins Krankenhaus und hatte schon ein paar leichte Wehen. Triumphierend
schrieb sie mir per Chatnachricht, ihr Schleimpfropf habe sich am Abend
zuvor bereits gelöst:

„Familientradition ist stärker als moderne Medizin :-) – oder ist es der
ausgeprägte Stursinn? :-D"

Am nächsten Tag bekam ich von Rosalie eine weitere Nachricht. Es
war ein Foto von ihr und einem Baby! Ihr Sohn war tatsächlich an jenem
Tag geboren worden, den sie vorhergesagt – oder ausgerechnet – hatte. Da
sie bereits wieder zu Hause waren, machten wir uns einen Termin für einen
Nachsorgebesuch am gleichen Tag aus.

Peter öffnete mir die Türe, sein Sohn schlief in ein Tragetuch gewickelt
an seiner Brust. Er grinste von einem Ohr zum anderen und schwärmte
von Legis-Justus so detailverliebt, als sei der schon ganz lange ein Teil seiner
Familie und nicht erst seit wenigen Stunden.

Ich fand Rosalie im Whirlpool sitzend vor.

„Gratuliere euch! War dann wohl eine schnelle, einfache Geburt?!"

Doch da entstieg Rosalie dem Pool, warf sich einen Bademantel über und klärte mich auf:

„Schnell ja! Einfach, nein. Boah, das hat jetzt gutgetan, hier im Whirly zu entspannen ..."

Nachdem sie geduscht war und ich den kleinen Sohn untersucht hatte, setzten wir uns gemütlich auf die Couch und die Eltern begannen, von der Geburt zu erzählen.

Rosalie war mit ihrem Peter für den ausgemachten Routinecheck im Krankenhaus angekommen. Doch sie deponierte gleich an der Rezeption, bereits Kontraktionen zu haben. Daraufhin schloss eine Hebamme sie ans CTG an. Dieses verzeichnete schon ganz regelmäßige Wehen. Also untersuchte die Hebamme sie danach vaginal. Sieben Zentimeter war sie zu diesem Zeitpunkt bereits geöffnet. Übersiedelung ins Kreißzimmer.

Dann wollte Rosalie es sich gerade ein wenig bequemer machen, denn das Liegen im Bett war sehr unangenehm für sie, da kam ein Arzt in das Zimmer. Ob sie schon den Aufklärungsbogen für eine mögliche Anästhesie unterschrieben habe?

„Aber ja", entgegnete sie.

Der Arzt gab zu, die Unterlagen seien nicht aufzufinden, ob sie das nicht noch einmal unterfertigen könne, er fasse die wichtigsten Punkte zusammen.

„Nein, leider, können wir das nicht später machen oder gar vielleicht auch nicht? Weil, ich gebäre jetzt gleich, bitte holen Sie die Hebamme, ich habe einen starken Pressdrang", habe sie ihm entgegnet, worauf er meinte, das könne unmöglich schon sein.

„Hören Sie, ich spüre, dass dieses Kind nun aus mir rauskommt. Es ist zwar mein erstes, aber selbst haben Sie ja auch noch keines bekommen."

Der Arzt schien aus dem Konzept gebracht, wies die werdende Mutter darauf hin, nun wenigstens einen Mund-Nasen-Schutz aufzusetzen für die Geburt. Rosalie ignorierte die Anweisung und war sehr mit Atmen beschäftigt. Die Kontraktionen überrollten sie wuchtig, so ihre Schilderung.

„Da hätt' ich glatt beim Einatmen das Virenbarterl eingesaugt, weil ich echt die ganze Zeit schon ohne gedacht habe, ich bekomme keine Luft."

Peter holte die Hebamme. Zuerst sei diese noch sehr entspannt gewesen:

„Dann untersuchen wir Sie halt gleich nochmal."

Doch als sie spürte, dass der Muttermund vollständig verstrichen war, wurde sie nervös. Der Arzt stand noch immer unschlüssig im Raum und reagierte nicht auf die Hebamme, die ihm aufgetragen hatte, den Primar zu holen, das Baby in Steißlage komme bald. Stattdessen schrie sie nach ihm und dem Anästhesisten. Rosalie atmete heftig ein und aus, Peter stand bei ihrem Kopf, beträufelte die Stirn mit Wasser und half seiner Frau, sich der Kleidung zu entledigen.

Einige Minuten später schwebte der Herr Primar heran, wortlos untersuchte er Rosalie und hatte wenig später und nach ein paar klaren, knappen Anmerkungen an Rosalie, wann sie stärker und wann sie schwächer drücken solle, schon den kleinen Buben in der Hand, den er umgehend auf die Brust der Mutter legte.

„Gut, passt", meinte der Primar noch, nickte der Mutter zu und verschwand wieder.

Der Arzt mit Aufklärungsbogen stand noch immer im Raum und meinte, das sei die erste Beckenendlage gewesen, die er jemals miterlebt hatte.

„Was für ein Erlebnis. Unglaublich ... der weibliche Körper", stieß er mehrmals hervor. Er bedankte sich bei Rosalie und Peter und ging hinaus.

„Erleichtert hab ich mich natürlich gefühlt nach der Geburt und dass ich keinen Mund-Nasen-Schutz währenddessen tragen musste. Aber skurril war es schon! Stimmt's, Schatzi?"

Peter nickte ihr zu, eine kleine Träne konnte ich in seinem Gesicht erkennen.

Beide interessierten sich sehr dafür, wie es mir mit meiner Arbeit während der Pandemie ging. Ich schilderte meine Sichtweise: Dass Geburten immer stattfinden würden, sich nie aufhalten ließen, so wie ich, wenn ich meiner Berufung nachging. Im Notfall käme ich mit voller Schutzmontur, oder, wenn es sein solle, würde ich eine Geburt auch über Skype betreuen. Das habe ich damals bei Waltraud gemacht, die auch ihr zweites Kind unbedingt mit mir bekommen wollte, trotz Umzug in ein anderes Bundesland. Im Pandemie-Alltag hatte sich nicht so viel verändert. Ich erklärte Rosalie und Peter, dass ich Hausbesuche mit Mundschutz durchführen und meine Hände waschen und desinfizieren würde, gar nicht besonders anders als sonst.

Ob ich denn keine Angst hätte, mich anzustecken, ich käme doch so viel herum bei ganz verschiedenen Menschen. Nein, keine Angst. In meinem Beruf, wie in vielen anderen, ist Furcht keine gute Begleitung, also habe ich sie von Anfang an, so gut es geht, vor der Haustüre gelassen:

„Die stell' ich wie meine Schuhe im Vorzimmer ab."

„Ja, gut, ich mach das auch immer. Im Gerichtssaal hat Furcht auch keinen Platz", stimmte mir Rosalie zu. Legis-Justus, der gemütlich auf der Brust seines Vaters lag, schmatzte plötzlich laut im Schlaf. Einen Moment beobachteten wir still dieses kleine Kind, dieses Wunder. Dann sprach ich aus, was wir uns alle dachten:

„Keine Ahnung, was durch dieses Virus noch auf uns zukommt, wie lange es dauert, bis die Dinge wieder normal oder normaler oder was auch immer werden ... Aber das hier, das geht immer weiter. Das Leben und in seinem Fall: das hungrige Schmatzen!"

Den letzten Hausbesuch feierten wir übrigens im Whirlpool. Mit Abstand, heißer Schokolade und viel Spaß im Blubberbad.

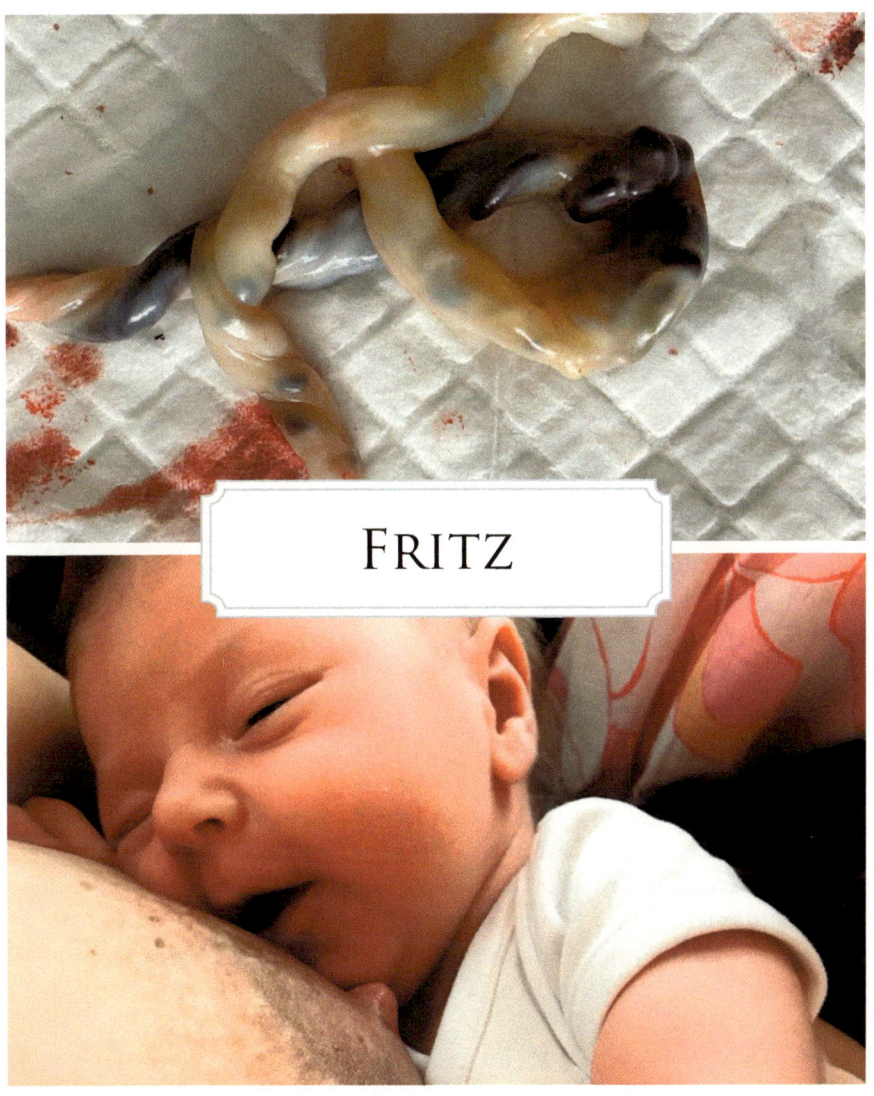

FRITZ

Diese besondere Geschichte bekommen werdende
Eltern des Öfteren bis heute von mir zu hören.

Bin ich nicht schon immer Hebamme gewesen? Oft denke ich das und doch habe ich meinen beruflichen Weg als Krankenschwester begonnen. Schon in der Schule wusste ich, dass ich später unbedingt etwas machen wollte, das mit Menschen zu tun hat. Rockstar fand ich eine ganze Weile lang sehr interessant. Doch das Stagediving schien mir dann doch zu nah an den Leuten dran. Außerdem wollte ich nicht unbedingt im Mittelpunkt stehen – schon gar nicht wegen meiner, nun ja, nicht ganz rockstarmäßigen Singstimme.

Bei einer Berufsmesse, ich muss etwa 14 gewesen sein, steuerte ich zu jenem Stand, an dem ein Pilot über seinen Beruf erzählte. Diese Tätigkeit hätte mich auch sehr interessiert, nicht nur weil ich gerne fliege. Doch etwa zwei Jahre später durfte ich eine Geburt miterleben und das hat mich, mein Denken und meine Wünsche für die Zukunft für immer verändert. Ein Beruf direkt am und mit den Menschen sollte es sein.

Manchmal, wenn ich von meiner Zeit als Krankenschwester erzähle, scheint es mir fast, als wäre es in einem anderen Leben gewesen. Dabei hat mich das Eine zum Anderen gebracht. Ich wäre vermutlich keine Hebamme, hätte ich nicht als Krankenschwester Vieles gesehen, das mich irritierte und das ich anders machen wollte. Damals wusste ich noch nicht, wie dieses Anders aussehen würde. Aber ich spürte es im Umgang mit Patientinnen auf der Geburtenstation, mit den dazugehörigen Vätern, und auch bei Kolleginnen.

Für mich war dieser Weg des Andersmachens schließlich, viele Jahre später, die freie Hebammenpraxis. Etwas fiel mir oft auf bei meiner Tätigkeit als Krankenschwester und später in der Ausbildung zur Hebamme: Was den Frauen, die im Krankenhaus gebären, fehlt, wenn es zu Geburtsstillständen kommt oder wenn die Wehen nicht kräftig genug sind, ist: Zeit. Und die konnte ich nur geben, wenn die Babys zu Hause auf die Welt kommen dürfen.

Trotzdem die Zeit als Krankenschwester für mich weit weg ist, erinnere ich mich manchmal an das eine oder andere Erlebnis. An jenes aus einer lauen, dann gewittrigen Sommernacht muss ich oft denken, wenn ich meinen Frauen von der Abnabelung eines Babys erzähle ...

Bald nach meiner Ausbildung bekam ich eine Stelle in einem großen Krankenhaus im Westen Wiens. Die Gynäkologie war meine Abteilung und weil ich damals ungebunden von familiären Pflichten war, ließ ich mich häufig für Wochenend- und Nachtdienste einteilen. Das Geld für diese Sonderschichten konnte ich gut gebrauchen, sparte es für mein Hebammenstudium und gab es gelegentlich für ein paar schöne Dinge aus, die ich haben wollte. Zudem waren diese Dienste oft sehr angenehm. Nur das nötigste Personal vor Ort, wenige Ärzte oder strenge Oberschwestern; dafür viel Zeit für den Umgang mit Patientinnen.

In einer spätsommerlichen, schwülen Nacht schien es besonders ruhig auf der Station zu sein. Ich hatte gerade meinen zweiten Rundgang gedreht und alle Patientinnen schliefen bereits. Sogar die Dame in Zimmer vier, die in den vergangenen Nächten immer eine Einschlaftablette gebraucht hatte, schnarchte zufrieden vor sich hin.

Beim Schwesternstützpunkt saß meine Kollegin Susi über der Diensteinteilung, sie gähnte und schenkte uns selbstgemachten Eistee ein. Gut, dachte ich mir, vielleicht wird es die nächsten zwei, drei Stunden ruhig weitergehen. Vielleicht komme ich ein bisschen zum Lernen fürs Hebammenstudium ... Vielleicht ...

Eben erst brachte ich diesen Gedanken zu Ende, da hörten wir durch das gekippte Fenster ein Donnern. Gefolgt von einem Blitzen. Susi und ich erschraken, mussten dann aber lachen. Meine Kollegin kommentierte:

„Ham's eh angsagt, dass nach der Hitzewalze ein Unwetteralarm kommt – nur glauben tu i's immer erst, wenn's dann da sind die Gewitterwolkerl."

Doch das Geräusch von draußen war nicht das einzige, das ich hörte. Da war noch ein zartes Knaufen oder ein leises Schreien, das vom Stiegenhaus kam; ich konnte es nicht zuordnen in dem Moment. Und eine Stimme? Hörte ich da eine flüsternde Männerstimme am Ende des Ganges?

„Komm' gleich, Susi, ich hör da was."

Und schon schlich ich in Richtung des Geräuschs. Zu dieser nachtschlafenden Zeit war es sehr dunkel auf der Station. Schon ein bisschen gruselig ...

Dann: wieder dieses Geräusch. Mein Herz klopfte schneller. Gleich schon war ich da, hörte das Knaufen und ein Flüstern schon viel lauter. Als ich um die Ecke sah, traf mich fast der Schlag.

Vor mir stand ein Mensch mit blutigem Gesicht und Händen im Schein des grünen Exit-Notlichts. Wieder donnerte es und ein Blitz erleuchtete die Szene hell, der Anblick war wirklich zum Gruseln. Mein Gegenüber erschrak ebenso sehr wie ich, als sich unsere Blicke trafen. Wir stießen beide einen spitzen Schrei aus. Schnell analysierte ich, was ich vor mir sah – ein potentieller Gefährder oder ein Gefährdeter? Der Mann vor mir war riesig, bestimmt zwei Meter groß, ganz in weiß gekleidet; ein weißes Hemd mit weißer Krawatte und weißen Jeans. Sogar seine Budapester Schnürschuhe waren weiß. Wobei – all seine Kleidungsstücke wiesen eine blutige Sprenkelung auf. Ich wich zurück und mein Blick suchte ihn nach einer Waffe ab. Hielt er ein Messer oder eine Pistole in der Hand?

Nein, in seinen Händen konnte ich etwas ganz anderes erkennen. Statt einer Waffe sah ich da ein Baby. Es war notdürftig in ein Tuch gewickelt, auf dem auch einige Blutflecken zu sehen waren. Gleich begann der Mann auf mich einzureden, er brauche sofort einen Kreißsaal, das Baby müsse umgehend untersucht werden. Er flüstere, um das Kind nicht zu stören, das eben erst geboren worden war. Mehrere Male wiederholte der Mann, er wollte seiner Frau gerade aus dem Auto helfen, da habe sie nur ein paar Mal tief geatmet und plötzlich das Kind geboren.

„Unten, da unten vorm Spital!"

Nach seinen Schilderungen und durch sein Zittern am ganzen Körper war ich mir zu diesem Zeitpunkt schon recht sicher, dass es sich bei diesem Mann nicht um einen irren Massenmörder handelte, der spät nachts Krankenschwestern auflauert, wie man es aus Filmen kennt, sondern um einen frisch gebackenen Vater, der eine außergewöhnliche Geburt erlebt hatte.

Am Weg Richtung Kreißsaal erkundigte ich mich nach der Mutter des Kindes und fragte ihn nach dem Blut im Gesicht. Da sah er mich entsetzt an und sprach in schweizerischem Akzent:

„Überall is Blut odr?"

Als meine Kollegin Susi überrascht zu uns stieß, bat ich sie, nach der Mutter zu sehen. Der Mann brachte nicht viel heraus, außer, dass sie unten warte. Wir kamen im Zimmer an und ich übernahm das Kind. Der Mann stellte sich mir als Fritz vor. Erst als er seine Hände wieder frei hatte, schien er zu realisieren, wieso ich mich so vor ihm geschreckt hatte.

Fritz griff sich auf die Lippe und verzog das Gesicht ein bisschen leidend:

„Kein Messr hab ich gehabt. Was hätt' ich denn tun sollen? Da hab ich die Nabelschur einfach durchgebissen. Man muss das Kind doch abnabeln, heißt es. Ist das eigentlich das Blut meiner Frau? Odr das meines Babys?", sah mich der Mann fragend an.

Ich erklärte, das Blut gehöre zu seinem Kind, und sparte mir das Nachfragen, wieso er das dringende Bedürfnis gehabt habe, sie durchzubeißen.

Nachdem ich eine erste Begutachtung des Kindes vorgenommen hatte, bei der alles in Ordnung war, setzte ich Fritz in eine Decke gewickelt mit dem Kind auf einen Stillsessel. Mittlerweile war auch Schwester Susi wieder da. Sie hatte die Mutter nicht finden können:

„Unten beim Foyer, da ist niemand!"

Fritz stieß hervor, schon etwas gefasster, er habe gemeint, sie warte unten im Auto vorm Pavillon.

„Achso, na da kann ich lang suchen!"

Susi schüttelte den Kopf und amüsierte sich sichtlich über die Situation. Sie flüsterte mir zu:

„Soll ich ihm ein paar Blutkonserven bringen? Oder ein Glaserl Wasser?"

„Bleib du bei ihm", raunte ich Susi zu und griff mir schnell einige wattierte Unterlagen, Binden und ein Netzhoserl. Dann rannte ich den Gang hinunter zum Stiegenhaus. Tatsächlich war das Auto direkt vor dem Pavillon geparkt, der Motor lief noch. Eine Frau lag auf der Rückbank. Ich näherte mich behutsam, da merkte ich, dass sie schallend lachte. Auch sie war in weiß gewandet, mit einem flatternden Kleid aus zarter Spitze, und trug hohe Keilsandalen. Ich stellte mich vor und fragte, ob sie etwas brauche.

Da setzte sie sich auf und lachte ein weiteres Mal auf:

„Hat er doch einfach die Nabelschnur durchg'bissen. Ich halt den Kleinen noch, sag, er soll a Schwester oder an Arzt holen. Und, was macht er? Er beißt da einfach eini."

Da konnte ich mir ein Schmunzeln auch nicht verkneifen. Die Frau war froh über die Utensilien, die ich bei mir hatte, nahm die Binden und zog sich das Netzhöschen an.

„Ihm geht es übrigens gut", sagte ich der Mutter. Die entgegnete:

„Sind Sie sicher? Ah, Sie meinen bestimmt das Baby. Ja, der hat alles gut gemacht. Flugs und da war er. Aber den Großen hätten's vielleicht untersuchen sollen ..."

Ich stützte die Frau, Ursi sollte ich sie nennen, und brachte sie auf die Station. Zusammen mit ihrem Baby kuschelten sich die Eltern auf ein Bett und als ein bisschen Ruhe eingekehrt war, stellte ich ihnen ein paar Fragen, um die Anmeldung auf der Station vorzunehmen. Der kleine Friedrich war bereits das vierte Kind des Paares, wie sie mir erzählten. Wie ich im Mutter-Kind-Pass sehen konnte, hatte sich der Bub einige Zeit vor dem errechneten Entbindungstermin auf den Weg gemacht, etwas über zwei Wochen zu früh. Doch seine Vitalwerte waren alle normal und seine fast vier Kilo sehr stattlich. Sie ließen auf einen falsch ausgerechneten Geburtstermin schließen. Bald fing der Säugling an der Brust seiner Mutter an zu trinken.

Ursula und Fritz wollten noch ein Wochenende alleine verbringen, erzählten sie mir, bevor sie wieder Windeln wechseln würden von früh bis spät. Darum hatten sie Kind eins, zwei und drei bei Ursis Schwester abgeliefert und planten, sich bei Freunden auf einer Vollmondparty einen schönen Abend zu machen. Auf der großen Blumenwiese eines Anwesens bei Wien fände das Fest jeden Sommer statt; der einzige Fixpunkt für die beiden als Paar, wie Fritz ausführte.

„Genau bei unserem Lieblingslied ist dann die Fruchtblase geplatzt, wusch und nass“, erzählte Ursi verträumt.

Sie setzte sich dann erst einmal hin, weil sie keine Ahnung hatten, in welches Wiener Krankenhaus sie nun fahren sollten. Angemeldet war sie in der Nähe ihres südburgenländischen Wohnortes, doch beiden war klar, sie würden es nicht dorthin schaffen. Ursi führte aus, recht schnell nach dem Blasensprung schon Wehen bekommen zu haben.

„Und du wolltest keinen Krankenwagen!“, herrschte Fritz seine Frau an. Es wirkte, als säße ihm der Schreck über diese Blitzgeburt noch im Nacken.

„Na, das wär ja Krankenhaus-Roulette gewesen. Also sind wir hier hergefahren.“

Dann wollte Fritz noch einen Parkplatz suchen, doch Ursi habe ihm gesagt, er solle gleich vor dem Eingang des Pavillons halten.

„Und dann hatten Sie noch zwei Kontraktionen und der Kleine war da?“

„Frau Margarete, sagen Sie bitte Du zu mir ... Ja, zwei Mal drücken und schon war er geboren. Ich leg ihn auf meine Brust und sag noch dem Fritz, er soll einen Arzt holen, aber ...“

„Ja, Ursi, da hab ich mir gedacht, es ist doch schneller, wenn ich den Kleinen gleich mitnehme! Sonst glaubt der mir nicht, wie dringend es ist, und lässt sich Zeit!“

Für den Rest der Nacht ließ ich die drei dann allein im Zimmer. Sie sollten einander kennenlernen und sich ausruhen. Am Tag darauf, kurz vor der Entlassung der Familie, nahm mich Ursi zur Seite.

„Hat Fritz Schweizerdeutsch gesprochen? Wie du ihn entdeckt hast?“

Kurz musste ich überlegen und bejahte dann ihre Frage.

„Schön. Das macht er immer, wenn er aufgeregt ist. Bei unserem ersten Date, nach der ersten Nacht und bei der Geburt unserer Kinder ... Dass er jetzt noch nervös wird ... Ach, ich lieb den Kerl einfach, so ein Süßer.“

Im Geburtsvorbereitungskurs bekommen Eltern die Geschichte von Fritz und Ursi zu hören, wenn sie fragen, was passiert, wenn das Kind zum Beispiel im Auto kommt:

„Muss man dann nicht gleich die Nabelschnur durchtrennen? Was ist, wenn ich keine Schere zur Hand habe?"

Dann schüttele ich den Kopf und sage:

„Nein, die kann noch recht lang dranbleiben. Egal was passiert: Die Nabelschnur durchbeißen, das ist nicht nötig."

Und dann machen alle große Augen, wenn ich ihnen die Geschichte von Ursi und Fritz erzähle. Einige, so heißt es, besorgten sich danach wattierte Unterlagen, um sie zur Sicherheit im Auto zu haben.

Doch einmal habe ich eine Frau getroffen, die mir von ihrer Schwester erzählte. Jene brachte zwei Kinder ganz alleine auf die Welt und biss nach den Plazentageburten die Nabelschnüre ihrer Kinder selbst durch.

„Sie ist halt von der praktischen Sorte, sie hatte an alles gedacht, nur nicht daran, eine Schere bereitzulegen", erzählte die Frau von der Erfahrung ihrer Schwester. Es herrschte eine absolute Stille im Raum, die anderen Kursteilnehmerinnen und ihre Partner lauschten gespannt und interessiert den Ausführungen der werdenden Mama.

Dann traute sich einer zu fragen, ob die Nabelschnur nicht vielleicht komisch schmecke.

„Du meinst sicher eklig? Nein, gar nicht, hat sie gemeint. Die Nabelschnur war zu diesem Zeitpunkt ja auch schon blutleer. Wohl nur total zäh und kompakt, ähnlich wie so knorpelige Hendlteile halt. Sie musste also ein bisschen dran rumkiefeln, und dann war sie schon durch. Ganz ehrlich, es war auch echt praktischer, weil so mit dem Baby im Arm, grade nach der Geburt, wer geht da schon gern auf die Suche nach einer Schere?"

Über diese Aussage mussten wir alle herzlich lachen: Ja klar, mit Kindern ist die Zeit einfach kostbarer und kreative Lösungen sind gefragt. Endlich wusste ich zudem, wie es ist, eine Nabelschnur durchzubeißen, das hatte ich mich nämlich seit meinem Erlebnis mit Fritz und Ursi insgeheim gefragt.

CHRISTIANA UND SHARON

Eine spezielle Schweinerei ist der Star dieser
Geburt. Das hat man davon, wenn man als
Hebamme mit Kleinkind zur Arbeit muss ...

Nach der Geburt meiner Tochter Albirea wollte ich mir ein Jahr Auszeit nehmen. Oder ein dreiviertel Jahr. Zumindest ein halbes. Wollte. Doch daraus wurde dann nichts ...

Bei einem Telefonat mit Sharon, einer meiner ehemaligen Hebammenstudentinnen, stellte sie entsetzt fest, dass sie ihr Kind knapp nach meinem Wochenbett bekommen würde.

„Das geht so nicht ... es war immer mein Plan, mit dir mein Kind zu bekommen", flüsterte sie mehrfach ins Telefon.

Als sie sich gefangen hatte, begann sie, mich eindringlich und argumentationsstark zu bitten, sie trotzdem bei der Geburt ihres ersten Kindes zu begleiten. Auch wenn es bereits kurz nach meiner Niederkunft sein sollte. Sie könne ohne mich kein Kind bekommen, unmöglich, redete Sharon auf mich ein und meinte keck:

„Du bist schuld, Margarete, wenn's dann für immer in mir drinbleibt."

Aber einen Säugling, der wenige Monate, nein, Wochen alt ist, den könne ich nicht allein lassen, womöglich für viele Stunden, erklärte ich ihr das Dilemma.

„Dann nimmst das Kleine halt mit! Mich stört das nicht, Hauptsache, du bist da."

Sharon hatte etwas ausgesprochen, an das ich gar nicht gedacht hatte. Mit Kind zur Arbeit? Ob das gutgehen würde? Ich war mir da nicht sicher, denn bei meiner Tätigkeit als Geburtshelferin darf und möchte ich nicht abgelenkt sein. Andererseits gibt es Babys, die mit wenigen Monaten phasenweise gar nicht zu merken sind.

Wer kennt nicht die Bilder von Parlamentarierinnen, die mit Säugling den Debatten lauschen. Es sind ganz wenige, aber doch. Dann dachte ich an meine liebe Tierärztin Dr. Bache. Sie hatte beide ihrer Kinder auch schon kurz nach der Geburt bei der Arbeit in ihrer Praxis mit; in einem Hinterzimmer wurden sie von ihrer Mama oder ihrem Bruder betreut. Zum Stillen konnte sie gut die Pausen zwischen den Patienten nutzen. Ich überlegte kurz scherzhaft, ob sich in meinem Fall die Wehenpausen ausgehen würden, oder ich mein Kind ständig im Tragetuch umgebunden haben würde ...

Sharon und ich einigten uns darauf, dass sie sich eine Backup-Hebamme suchen sollte für den Fall der Fälle. Im Gegenzug versprach ich zu kommen, wenn nichts Gröberes dazwischenkam, mit der Unterstützung einer Hebammenstudentin, wie sie eine gewesen war. Prompt trat der Idealfall ein. Sharon bekam am frühen Abend Wehen und zu der Zeit, als diese heftiger wurden, lag Albirea bereits frisch gewickelt und satt gestillt im Stubenwagen jenes Kindes, dem ich zur gleichen Zeit auf die Welt half. In den frühen Morgenstunden gebar Sharon ein kleines Mädchen in der tiefen Hocke.

Trotz röhrender, kraftvoller Geburtsgeräusche machte meine Tochter keinen Mucks und schlief zufrieden durch. Erst als das kleine Baby einige Zeit später seine ersten Saugversuche machte, meldete sich auch Rea, wie ich meine Kleine nannte, mit einigem Hunger; als hätte sie genau gemerkt, dass eine kleine Kollegin eben den Busen serviert bekam. Sharon und ich saßen nebeneinander stillend gemütlich auf der Couch und freuten uns des Lebens.

Aufgrund dieser positiven Erfahrung begann ich, Rea immer wieder zu Geburten mitzunehmen. Es passte eine gewisse Zeit gut für die Gebärenden, mich und mein Kind. Manch eine Frau, die von Bekannten vermittelt worden war, fragte sogar dezidiert nach ihr und ob ich „eh mit der kleinen Helferin" kommen würde. Als meine Tochter zu sprechen begann, dauerte es nicht allzulange, da machte sie mir klar, was sie später einmal werden wollte: „Eine Hebdame!"

Mit ihren zwei Jahren waren Rea und ich ein eingespieltes Team, meist begleitete sie mich aber nur mehr zu Nachsorgebesuchen. Wenn ich sie zu einer Geburt mitnahm, was nicht mehr allzuoft passierte, weil sie in dem Alter schon gut einige Stunden von mir getrennt sein konnte, spielte sie mit ihren Sachen, die sie in eine alte Hebammentasche von mir eingeräumt hatte. Stundenlang konnte sie sich um ihre Puppen kümmern, die allesamt entweder Babys waren oder ebensolche bekamen.

Da war ein Spiderman aus Hartplastik, der kleine Spinnen aus weichem Plastik gebar. Diese Tierchen erstanden wir einmal im Zoo; ich konnte den Shop nicht verlassen, bevor ich sie ihr nicht gekauft hatte. Zu Hause freute sich meine kleine Tochter dann diebisch, dass sie nun auch „Peider-Babys" (Spider-Babys) auf die Welt bringen konnte.

Ein paar Mal versuchte ihr Bruder Archie ihr sanft klarzumachen:

„Männer können aber echt keine Kinder kriegen, auch nicht der Spiderman, der sonst urviel kann. Frag die Mama, die weiß das alles."

Doch Rea schüttelte den Kopf, biologische Tatsachen ignorierend:

„Hause kriegen alle, wenn geht", und zitierte damit mich, weil ich oft bei ersten Besuchen erklärte, alle Frauen könnten eine Hausgeburt haben, wenn sie sich eine wünschen und gewisse Kriterien nicht dagegensprechen.

Wenig später hatte meine Tochter dann eine Phase, in der große Spielzeugautos kleine gebaren. Zu dem Zeitpunkt hatte Archie es bereits aufgegeben, etwas dagegen zu sagen. Stattdessen unterhielten sich diese zwei Hebammenkinder lieber über geburtsspezifische Themen.

„Wenn das rote Auto beim Rauskommen mit der Kühlerhaube nach oben liegt, dann ist es eine Beckenendlage", erzählte Archie seiner Schwester, die „Bekenntlacke" wiederholte. Dann führte Archie ihr vor, wie eine Nabelschnur zu durchtrennen sei: Mit einem selbst gehäkelten Faden, Wäscheklammern und einer Nagelschere.

„Also da durchschneiden. Mit einem Ruck, sagt die Mama immer. Ich weiß auch nicht, Ruck muss irgendein Schimpfwort sein, weil wenn die Papas schneiden, dann weinen manche dabei."

Schon hatte Albirea ihre erste Nabelschnur durchtrennt, lachte laut los und wies ihren Bruder an:

„Mehr Schnurli!"

Ich genoss diese Zeit sehr, in der meine Kinder meine Arbeit nachspielten; so gewissenhaft und auf entdeckerische Weise. Dass irgendwann die Pubertät kommen würde, in der sie meine Tätigkeit, die doch im weitesten Sinne mit Sexualität zu tun hatte, vielleicht peinlich fanden, daran wollte ich damals bloß nicht denken ...

Eines Morgens rief mich Christiana an. Sie begrüßte mich mit einem schallenden „Grüß Gott", aus dem man einen leichten amerikanischen Akzent raushören konnte. Sie wolle sich nach einer Hebammenbegleitung erkundigen, auf meinen Namen sei sie durch eine Empfehlung gekommen.

Sie würde gerne ihr drittes Kind zu Hause auf die Welt bringen, ob ich denn auch nach Eisenstadt fahren würde. Ja, generell fahre ich zu Orten, die bis zu einer Stunde außerhalb Wiens liegen. Das passte also. Wir vereinbarten einen ersten Kennenlerntermin und weil dieser von ihr aus nur am Nachmittag sein konnte, fragte ich sie, ob ich meine kleine Tochter mitbringen dürfe. Selbstverständlich, meinte Christiana und führte weiter aus:

„Alle Geschöpfe Gottes sind in unserem Home willkommen."

Rea und ich machten uns wenige Tage später auf den Weg zu dieser neuen Frau. Da wenig Verkehr herrschte, brauchten wir nur knapp 40 Minuten bis nach Eisenstadt. Wir fuhren am Schloss Esterházy vorbei und meine Tochter war ganz verzückt. Sie dachte nämlich, die Hausgeburt würde dort stattfinden und wir eine Prinzessin oder einen Prinzen auf die Welt bringen. Wir passierten den prächtig gestalteten Schlossgarten und Albirea zählte wie üblich beim Fahren alles auf, was sie sah: Hunde, Mann, Kinder, Auto, Fahrrad, Blume, Teich, Wasser, Schweine, Frau … Zuerst hatte ich nicht so genau hingehört, aber als sie dann Schweine sagte, wollte ich gerade nachfragen, ob sie welche aus Stoff oder gezeichnete meinte, oder …

Doch da sah ich sie: zwei prächtige große Schweine, eines schwarz, das andere beige meliert, mit einer blonden Frau, die sie an der Leine führte. Das Trio bog in den Park ab, und wir fuhren vorbei. Rea konnte sich nach dieser Entdeckung gar nicht mehr beruhigen. Ob wir vielleicht Schweine auf die Welt bringen würden?

„Bitte Mama, einmal Schweindi statt Baby. Ich mag eines!"

Dann waren wir auch schon vor dem Haus von Christiana und ihrer Familie. Es war ein hübsches, älteres Gebäude, bestimmt aus den 50er, 60er Jahren, das einen gepflegten Eindruck machte. Christiana hatte unser Auto gehört und stand in der Eingangstüre. Noch bevor ich mich richtig vorstellen konnte, platzte meine Tochter schon mit der dringenden Frage heraus, wo die Schweine, die sie eben gesehen hatte, lebten. Christiana lachte und meinte, dass deren Zuhause nur ein paar Straßen weiter sei.

„Wenn du wiederkommst, Rea, dann frag' ich meine Nachbarin, das ist ihre Schweinemommy sozusagen, oder die Leitsau, wie sie sich selber nennt, ob du sie mal füttern darfst."

Rea strahlte über das ganze Gesicht und wir traten ins Haus. Zufrieden suchte sich meine Tochter eine kleine Ecke zum Spielen und ich konnte mit ihrer Mutter über die Schwangerschaft reden. Christiana erzählte mir, sie habe ihre ersten beiden Kinder in umliegenden Spitälern auf die Welt gebracht. Das war für sie von der Betreuung her ganz in Ordnung, aber da die Geburten recht schnell und unkompliziert verlaufen waren, wollte sie nun gerne zu Hause bleiben.

„Hier fühle ich mich wohl", sagte die junge Frau und führte mich von der Küche weiter ins Wohnzimmer, wo sie auf die Regale deutete. Das Zimmer war ordentlich; jedes Ding hatte seinen Platz. Und einige Dinge brauchten und hatten ganz viel Platz.

Ich musste zweimal hinsehen, bis ich erkannte, was sich in den Regalen befand. Über die ganze Breite des Raumes, der bestimmt vier Meter maß, waren christliche Memorabilia hinter Glastüren ausgestellt. Christliche

Ikonen von handgemalten Versionen bis hin zu gedruckten, Rosenkränze, Kreuze, Jesusfiguren, Bibeln ... Ich trat näher an ein Regal heran und besah mir eine hölzerne, sehr einfache Marienstatue. Die Frauengestalt war in ein Tuch gehüllt, sie betete mit erhobenem Kopf. Gesicht und Hände waren nicht glattpoliert, wie man es sonst oft von stilisierten Figuren kannte. Die Holzhaut der Maria schien rau, sie hatte Ecken, Kanten, war unperfekt und lebensnah, und doch hatte sie etwas sehr Berührendes an sich, einen spirituellen Ausdruck.

Die Statuette war wunderschön und ich kannte sie.

„Kann es sein ... ist diese Maria aus Paris und wahrscheinlich uralt? Von einem kleinen Geschäft neben dem Sacre Coeur? Meine Großmutter hat eine, die wirklich verblüffend ähnlich aussieht. Und ich fand die immer so besonders."

Christianas Gesicht erhellte sich, weil es auch die Geschichte ihrer Maria war. Sie erklärte, diese Schnitzerei gehöre zur Sammlung ihres Mannes und als sie sie zum ersten Mal sah, musste sie die Geschichte der Figur hören.

„Ein altes schnitzendes Ehepaar in einem kleinen Atelier am Montmartre, das man nur finden konnte, wenn man es von jemandem empfohlen bekommen hat. Er schnitzte die Frauen, sie die Männer, so heißt es."

Christiana zeigte mir noch ein paar weitere Werke derselben Künstler. Sie waren wunderschön, berührend. Einfach und echt!

Danach erzählte sie ein bisschen von sich und ihrer Familie. Sie war als Teenager mit ihren Eltern, Missionaren für eine christliche Kirche, aus Amerika nach Europa gekommen. Ihr Mann sei evangelischer Pfarrer mit katholischer Familienvergangenheit, wie sie lachend meinte.

„Alle waren katholisch bei ihm, doch seine Mama evangelisch und die hat das durchgesetzt. Die Großeltern waren erst dann versöhnt, als Michael Theologie studierte."

Christiana ging dazu über, mir von ihren Geburten und der aktuellen Schwangerschaft zu erzählen. Auf den Blutzucker müsse sie schauen, aber es sei kein Diabetes. Wir füllten das Anamneseblatt aus und weil zwischen uns alles klar war, machten wir den nächsten Termin aus.

Drei Mal kam ich vor der Geburt zu Hausbesuchen bei Christiana und jedes Mal nahm ich meine Tochter mit. In der Hoffnung, die Schweine zu sehen, bestand sie darauf, mich zu begleiten. Weil es für Christiana in Ordnung war, ließ ich Albirea dabei sein. Da Christiana mitbekommen hatte, wie gerne meine Tochter mit Figuren Geburten nachspielte, hatte sie ihr

eine Arche Noah mit vielen Teilen zum Spielen vorbereitet. Rea war verzückt, ließ Pferde Katzen bekommen und Vögel Bärenbabys.

An einem wunderschönen Herbsttag rief mich Christiana an. Sie habe
erste Wehen, es dauere bestimmt noch etwas, bis es richtig losgehe, aber das
sei der Beginn der Geburt. Wir machten aus, ich würde in einer Stunde aus
Wien wegfahren.

Noch entspannt rief ich meine Babysitterin an. Die meldete sich mit
krächzender Stimme:

„Entschuldige Margarete, ich hab Fieber und kann nicht auf Albirea
schauen ... Grüß sie lieb von mir!"

Dann klingelten wir bei der Nachbarin. Im selben Moment fiel mir ein,
dass sie samstags immer bei ihrer Mutter im Weinviertel war. In meinem
Hirn ratterte es: Wo konnte ich meine Tochter lassen ... Reas Vater befand
sich Stunden entfernt auf einer Berghütte zum Teambuilding und Archie
war mit seinem Papa bei den Großeltern, sogar in einem anderen Bundesland. Auch wenn ich weiter nachdachte: Mir fiel kein Notfallplan ein außer
– Albirea mitzunehmen.

Meine Tochter war hellauf begeistert.

„Ich Schweindi schauen. Du gehst Geburt machen. Gut Mama?"

Immer wieder sang sie mir auf der Fahrt nach Eisenstadt ihren Plan vor.

Als wir ankamen, entschuldigte ich mich bei Christiana und Michael,
dass es nicht anders gegangen war, als Rea mitzunehmen. Die beiden nahmen es gelassen und Michael erklärte:

„Na, dann kommt sie nachher einfach mit unseren Kindern zur Nachbarin mit!"

Die nächsten zwei Stunden wanderte Christiana im Haus herum, stützte sich während der Wehen auf Sofa oder Tisch ab. Im Hintergrund liefen
die immer gleichen vier Lieder, zu denen die werdende Mama manchmal
einzelne Textstellen mitsang. Die englischen Stücke waren laut, fröhlich, mit
viel instrumentaler Untermalung und enthielten christliche Mantras für die
Geburt. Eine Passage ist mir heute noch im Gedächtnis: „If Jesus were you,
what would he do? Be brave, be kind, push it out, don't mind, scream and
sing, let this new life begin. Hello Hallelujah, hello Hallelujah! Hello Baby!
Hallelujah, welcome to this world! Welcome little baby to this wonderful
world!"

Während meiner Zeit als Hausgeburtshebamme hatte ich schon viele Musikrichtungen bei Geburten gehört: Heavy Metal (kommt öfter vor,

als ich angenommen hätte), Rock'n'Roll (bei „Lets twist again" scheint der Muttermund fast von selbst zu verstreichen), Klavierkonzerte (weil sie eine geborgene Stimmung schaffen, in der die Frau gut loslassen kann), deutschen Sprechgesang (da bei „Was geht" der Titel Programm zu sein scheint, habe ich schon zwei Kinder zu diesem Lied begrüßen dürfen; man sollte den Fantastischen Vier einmal sagen, dass es der Geburtssong schlechthin ist, mit Abstand vor ihren „Millionen Legionen") und deutschen Popschlagern.

Ich gebe zu, nach dem vierten Durchlauf von Helene Fischers Album habe ich die Musik ein wenig leiser gestellt, sonst wären die Frau und ich „Atemlos durch die Nacht" und nicht durch die Geburt und „Ein kleines Glück" geworden. Christliche Geburtsmotivationsmusik wie bei Christiana war jedenfalls ganz neu für mich.

Die Wehen wurden intensiver und Christiana musste sich nun ganz auf die Geburt konzentrieren. Michael brachte die Kinder zur Nachbarin und ich war bereits ganz an Christianas Seite in den Vorgang der Geburt versunken. Darum überlegte ich gar nicht mitzugehen, um zu schauen, wer da auf meine Tochter aufpassen würde. Auch von Reas Seite kam nur ein „Baba Mami" und weg war sie. Nach zwei weiteren Stunden sangen wir alle die Lieder im Chor mit. Michael und ich immer – und Christiana dann, wenn sie die Luft dazu hatte.

Die Gebärende schien sich in Trance zu befinden und die Geburt schritt stetig voran. Nach einer weiteren Stunde gebar sie ihre zweite Tochter an der Couch hängend; sie plumpste in meine Hände und ich legte sie ihr umgehend auf die Brust. Mittlerweile hätte ich alle vier Lieder komplett auswendig singen können ...

Das Paar war glücklich und zufrieden, ich versorgte ein paar kleine Wunden der Mutter, nachdem die Plazenta geboren war. Als ein wenig Ruhe eingekehrt war, fragte ich Christiana, wie es denn für sie nun gewesen sei, zu Hause zu gebären, im Vergleich zum Krankenhaus. Sie schaute mich verwundert an, meinte:

„Ja, eh schön natürlich. Hat alles gut geklappt oder?"

Gerne hätte ich ihr gesagt, wie viele meiner Frauen sich sehnlichst wünschten, zu Hause zu gebären und welch langer, schwieriger Weg das für manch eine ist. Dann allerdings freute ich mich für die frischgebackene Dreifachmami, mit welch einem Selbstverständnis sie dieses schöne Geburtserlebnis aufnahm. Die christlichen Lieder blieben mir noch lange als Ohrwurm erhalten.

Nachdem Mutter und Kind bestens aufgehoben waren, fiel mir meine Tochter wieder ein. Zusammen mit Michael ging ich zur Nachbarin. Es war die Frau mit den zwei Schweinen! Julia, so hieß sie, stellte sich nicht nur als vielfache Tiermama heraus – sie besaß neben den Schweinen auch Ziegen, Gänse, Hühner, Wachteln und einen Zwergesel –, sondern hatte auch zwei entzückende Töchter im Teenager-Alter. Zudem war sie Kindergartenpädagogin. Alle drei Gastkinder fühlten sich bei ihr pudelwohl, wie sie beim Abholen immer wieder betonten, durften die Tiere streicheln und füttern. Der Abschied fiel schwer, aber Albirea war herzlich eingeladen, wiederzukommen.

Beim letzten Hausbesuch nach der Geburt waren sowohl ich als auch meine Tochter schwer beschäftigt. Ich sah noch einmal nach der Mutter und ihrem kleinen Mädchen, Mary, und Albirea stapfte mit ihrer „Hebdamen"-Ausrüstung in Begleitung der größeren Kinder zu Julia. In der Hebammentasche waren dieses Mal – statt schwangeren Figuren oder gehäkelten Nabelschnüren – Snacks für die Schweine zu finden: ein altes halbes Kipferl und eine angebissene Schokoladentafel. Julia tauschte Reas Leckerlis gegen ihre, denn Schweine vertragen, wie viele andere Lebewesen, keine Süßigkeiten. Alle zusammen verbrachten wir einen entspannten Nachmittag und gingen im Schlossgarten spazieren. Die Schweine an der Leine, geführt von den Kindern, und Baby Mary im Tragetuch um ihren Vater gewickelt.

Einige Wochen später hatte Albirea aus ihren vielen Tierfiguren kleine und große und wilde Schweinchen rausgepickt.

„Schweindihebdame bin ich", sagte sie stolz und grinste. Insgeheim war ich sehr geschmeichelt, dass sie trotz ihrer Bekanntschaft mit Julia ihren ursprünglichen Wunsch nicht aufgegeben hatte und meinen Beruf anscheinend noch immer sehr spannend fand.

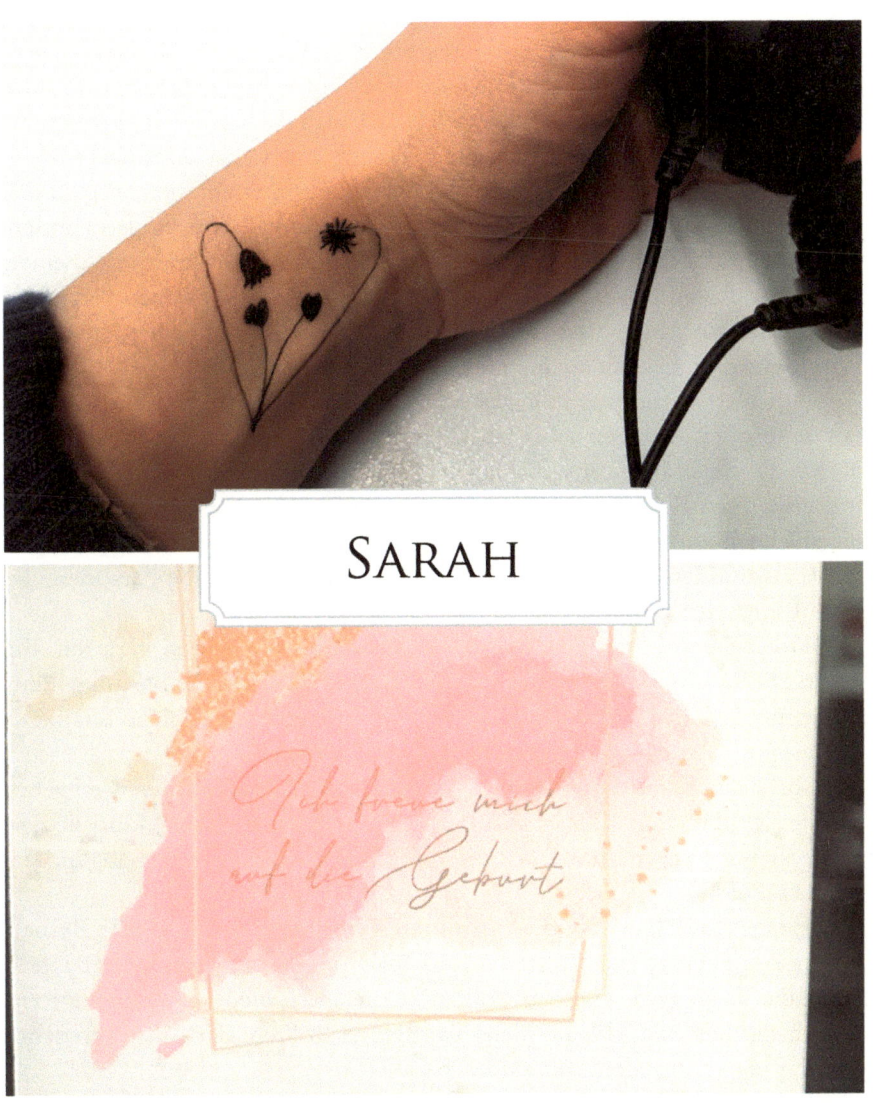

SARAH

Für meine Frauen versuche ich, in allen Situationen da zu sein. Auch bei schwierigen Lebensentscheidungen.

Da waren keine Tränen in Sarahs Stimme, aber ich konnte ihre Traurigkeit spüren. Verzweiflung auch. Sie wählte die wenigen Worte ganz
genau, es wirkte, als sei jede Silbe eine ungeheure Anstrengung. Wir vereinbarten ein Treffen, schon am gleichen Tag. Ohne viel darüber nachzuden-
ken, machte ich mich bereits eine halbe Stunde später auf den Weg zu ihr,
nachdem ich meinen Sohn in die Schule und meine Tochter in den Kinder-
garten gebracht hatte. Beiden Kindern drückte ich an diesem Morgen einen
besonders festen Schmatz auf und umarmte sie zum Abschied länger als
sonst. Ich war schon oft bei Sarah gewesen, zu vielen Hausbesuchen und
zwei Geburten, danach auch einfach so für ein Treffen.

Am Weg zu ihr ging mir vieles durch den Kopf. Wie anders ihr Leben
vor zehn oder auch nur zwei Jahren ausgesehen haben muss. Daran erin-
nerten die vielen Fotos mit fröhlichen Menschen darauf, die in den liebevoll
hergerichteten Ecken ihres Hauses zu finden waren. Eine Familienbande,
die glücklich wirkte, weil sie einander hat. Grimassen, Umarmungen, Grin-
ser, Kussmünder – alle Aufnahmen lebendig, freudig, wie die Personen, die
darauf zu sehen waren.

Doch Sarah hatte viele von ihnen in den letzten Jahren verloren. Ihr
zweiter Sohn war gerade einmal vier Wochen alt gewesen, als die junge Frau
zusammen mit ihrer Mutter täglich auf die Intensivstation eines Kranken-
hauses ging, um ihren schwerkranken Vater zu besuchen.

Ihr Baby wartete derweil im Auto mit der Uroma, immer wieder bedankte sich die junge Mutter abends, als die zwei im Bett lagen und sie den
Schrecken des Tages Momente hinter sich lassen konnte, beim Säugling für
seine Geduld.

Einige Tage bangte Sarah um ihren Vater, dem es bei jedem Besuch
anders zu gehen schien. Der eine Arzt machte ihr und ihrer Mutter Hoffnung, die sie so gerne glauben wollten, der nächste wiederum zeichnete ein
pessimistisches Bild, das sie nicht wahrhaben wollten, der dritte versuchte
sich in philosophischen Metaphern.

Sarah konzentrierte sich auf ihn, streichelte die ganze halbe Stunde,
die ihr Besuch maximal dauern durfte, seine Hand und seine Wange, dann
kam an einem Samstag der Anruf. Ihre Mutter war aufgeregt, panisch. Es
war alles vorbei.

„Sie haben einander die Klinke in die Hand gegeben, der Kleine und
der Große. Dabei hat sich mein Vater so auf den Enkel gefreut und war
berührt, dass er seinen Namen tragen sollte."

„Zu plötzlich" sei „das alles" über sie und ihre Familie hineingebrochen, meinte sie damals zu mir und hörte nie auf, seinen Tod mit „das" zu umschreiben.

Sarah erzählte mir später von zwei Dingen: Wie schwer es für sie gewesen sei, am Montag danach aufzustehen, schmerzend der ganze Körper und die Seele einmal ausgewürgt und wieder verschlungen. Mit all den Gefühlen der Traurigkeit fühlte sie sich unendlich allein. Dazu aber die zwei Kinder, der Alltag, der sich immer weiterdrehen musste, und der Job ihres Mannes Robert, der keine Rücksicht auf ihren Verlust nehmen konnte. Und, viel später, als ich nachfragte, wie sie denn zurechtkäme mit der Situation, erzählte sie davon, dass sie versucht habe, sich zu häuten. Sie habe es nicht mehr ertragen können, die Schuhe anzuziehen, die ein Geschenk ihres Vaters gewesen seien, und dazu die Jacke, wegen der er sie nach dem Sonntagsbrunch immer aufgezogen hatte.

„Er nahm mich am Revers, grinste, meinte, wo soll denn dein Bauch noch hinwachsen, wenn das Jackerl jetzt schon nimmer zugeht? Und drückte mir ein ganz ein sanftes Busserl auf die Stirn."

Sie schmiss die Sachen weg, doch rettete Sarah sie wieder aus der Tonne, um den Haufen dann doch zu spenden. Viele Zwänge habe sie entwickelt, führte sie bei mir aus, sie sei doch immer frei und unbekümmert und vor allem ... glücklich gewesen. Doch ich sah vor mir eine Frau, deren Herz gebrochen war, die trauerte, während das Leben, der Alltag ihr viel abverlangte.

Der zweite Sohn war vier, da starb auch Sarahs Mutter:

„Sie hat halt auch nicht ohne ihn leben können, meinen Papa. Die zwei waren halt immer gern zusammen."

Noch mehr Schmerz sah ich damals in ihren Augen, der Druck wegen der Kinder stieg.

Rund zwei Jahre später trafen wir uns, da war der Schreck nicht mehr dauernd präsent, sie hatte mit ihm zu leben lernen müssen. Doch die Zwänge waren geblieben, Selbstzweifel dazu gekommen. Sie haderte mit ihrer Rolle als Mama und ob sie ihren Kindern gerecht werde:

„Ich liebe die zwei unendliche Male vom Mond bis zurück, aber meine Geduld hat sehr gelitten. Ich war halt immer sehr traurig und die Trauer frisst einen Schmerz in dich."

Wir führten an diesem Tag, der schließlich bis in die Nacht dauerte, ein sehr ehrliches Gespräch über Mutterschaft, die Liebe zu den Kindern, die Liebe zum Partner, das Leben. Ich erzählte Sarah davon, wie sehr ich meinen Beruf liebe, mit was für einer Freude ich jede Frau bei einer selbstbestimmten Geburt unterstützen will, auch Lösungen finden möchte, wenn der Weg schwierig ist, das Kind in Beckenendlage liegt oder wenn sich Zwillinge ankündigen. Doch musste ich ihr auch sagen, diese Berufung, dieses Leben, für das ich mich mit viel Hingabe entschieden hatte, kommt mit einem hohen Preis. Manch eine schöne Beziehung ist an meiner Rufbereitschaft zerbrochen, nicht jeder Mann hält es aus, wenn seine Partnerin ständig nachts das Bett verlässt und irgendwann erst wiederkommt. Nicht jedes Kind versteht gleich, warum die Mama von jetzt auf gleich Stunden weg ist.

Wir sprachen offen miteinander und plötzlich war die Sperrstunde im Lokal gekommen ...

Noch am nächsten Tag dachte ich über unser Gespräch nach. Dann wanderten meine Gedanken zu unserem Telefonat. Was ich ihr raten sollte, auf die Frage, die sie mir gestellt hatte:

„Margarete, ich bin schwanger und weiß nicht, ob ich das Kind behalten soll ...“

Was konnte mein Rat dazu sein? Auf sich selbst zu hören.

Denn eine Meinung kann und will ich dazu nicht äußern, ich, der die größtmögliche Selbstbestimmung meiner Frauen am allerwichtigsten ist. Gar nicht selten kommt es vor, da wenden sich Frauen an mich, die sich nicht sicher sind, ob sie ein Kind behalten sollen oder nicht. Manche haben wohl schon ein Bauchgefühl Richtung Ja, wollen mich schon für den Geburtstermin reservieren. Doch bei einigen ist es anders, ein definitives oder unbestimmtes Nein.

Mir fiel die Geschichte einer Frau ein, bei der es genau so war. Charlotte hatte ich bei der ersten Geburt begleitet, sie wohnte damals im Nebenhaus, was sich als wahres Glück herausstellte. Denn als die Wehen einsetzten und immer intensiver wurden, da konnte ihr Mann mich telefonisch nicht erreichen – mein Handy hatte eine Störung. Er holte mich, die Hebamme wie in alten Zeiten, zu Fuß. Ich wurde vom lauten Pumpern um halb drei in der Früh an meiner Tür wach und dachte erst einmal:

„Was ist das denn für ein I****, der um diese Zeit da so einen Lärm macht? V******* nochmal.“

Schnell stellte sich heraus, was los war, und ich machte mich auf zur Geburt. Charlotte gebar ihr Kind in wenigen Stunden ohne Geburtsverletzung im Wasser: singend, tönend, fast in Trance.

Etwa ein Jahr später meldete sie sich wieder bei mir mit Neuigkeiten. Sie sei schwanger, erwarte sogar Zwillinge. Sie hatte einen starken Wunsch nach einem weiteren Kind, aber gleich zwei? Diese Neuigkeit hatte sie in ihren Grundfesten erschüttert. Wir vereinbarten ein Treffen. Rund drei Stunden sprachen Charlotte, ihr Mann und ich über die Zwillinge im Bauch der Frau und wie es weitergehen könne.

Ich versuchte, das Paar so neutral wie möglich zu beraten, ihnen sachlich zu einer Entscheidung zu verhelfen. Ein Urteil, eine Beeinflussung steht mir nicht zu – so sehr ich auch mit dem Ergebnis hadere. Charlotte entschied sich schließlich für einen Abbruch der Zwillingsschwangerschaft. Sie habe das Gefühl, ihre Familie würde mit Sicherheit unter der Last von gleich zwei neuen Familienmitgliedern auseinanderbrechen.

Zuerst war sie mit ihrem Entschluss vollkommen im Reinen. Dann wurde sie wieder schwanger, gebar ein weiteres Kind, wieder sehr zügig zu Hause. Sie tönte wieder, sang, aber manchmal weinte sie während der Geburt auch und mir schienen nicht die Geburtsschmerzen der Grund dafür zu sein. Im Wochenbett sprach Charlotte die Zwillinge an, sie sei sicher, damals die richtige Entscheidung getroffen zu haben. Sagte sie es mir aus Überzeugung, oder um sich selbst davon zu überzeugen?

Als ich Charlotte zwei Jahre später wieder traf, da hatte sie sich ein Tattoo stechen lassen. Vier Blumen, zwei mit gleichen, ganz kleinen Blüten und zwei mit großen, etwas unterschiedlichen. Ein Symbol für ihre Kinder, niemand außer ihr, ihrem Mann und mir kennen die Bedeutung dahinter. Sie habe den Zwillingen einen Platz auf ihrer Haut geben wollen, erklärte Charlotte, denn im Herzen trage sie die beiden sowieso. Noch immer, so betonte sie, sei die Entscheidung damals richtig gewesen, sie habe sie mit bestem Wissen, gut informiert, allen Abwägungen getroffen. Und doch, heute, fühle sie anders, sie sei stärker, erfahrener und würde womöglich anders entscheiden.

Charlottes Geschichte ging mir noch im Kopf herum, als ich an Sarahs Tür läutete. Sie machte mir auf und wir umarmten uns zuallererst ganz lange. Dann setzten wir uns auf die Couch und Sarah begann zu reden. Sie sprach davon, wie beschissen sie es fand, dass ihre Kinder keine Großeltern mehr haben. Ob es denn überhaupt gesund sein könne, ohne die alte Garde aufzuwachsen? Für sie sei es das bestimmt nicht, denn es bliebe alles an ihr hängen. Jedes Laternenfest, jeder Geburtstag, Weihnachten, ja sogar jede Magen-Darm-Grippe müssten sie und ihr Ehemann Robert alleine mit den Kindern bestreiten. Das sei einfach unfassbar anstrengend und gemein. Zum Schluss flüsterte sie unter Tränen:

„Ich vermiss' sie einfach so ..."

Auch an diesem Tag saßen wir lange zusammen. Wir redeten über ihre Kinder, meine und das Ungeborene in ihrem Bauch. Schließlich tastete ich mich vor:

„Du hast nicht wirklich vor, es nicht zu bekommen, oder?"

Sie schüttelte den Kopf. Sie wolle dieses Kind, aber es sei komisch, wieder Mutter zu werden – ohne dass ihre Eltern ihr drittes Kind jemals kennenlernen würden. Sarah machte sich Sorgen, ob sie mit so viel emotionalem Ballast überhaupt gebären könne.

Ich versprach, jeden Schritt des Weges an ihrer Seite zu sein, wann immer sie mich brauche. Als Erstes riet ich ihr dazu, sich psychologische Hilfe zu suchen; jemanden, der auf professionelle Art und Weise mit ihr reden konnte und ihr Formen des Umgangs mit der Trauer zeigen würde. Dann schlug ich ihr vor, eine Bindungsanalyse zu machen; das ist eine Form der Kommunikation mit dem noch ungeborenen Baby und dient der Vertiefung der Bindung zwischen Mutter und Kind.

Sarah kam die ersten Monate gut zurecht mit ihrer Schwangerschaft, doch dann, etwa ab der Halbzeit, litt sie unter schrecklichen Alpträumen. Die Bilder im Schlaf waren Nacht für Nacht ganz ähnlich. Sie sah ihr Kind und konnte es doch nicht erreichen, Sarah trat immer auf derselben Stelle. Manchmal sah sie auch ihre Eltern und je lauter sie versuchte zu brüllen, desto weniger war sie zu hören. Sarah war schon komplett ausgelaugt, müde, als ich sie zu einem Frauenkreis mitnahm. Zuerst, so sagte sie mir nachher, fand sie es ganz nett dort. Aber sie habe gespürt, ihre Geschichte könne sie auch in diesem geschützten Rahmen nicht teilen.

Dann, etwas später stießen noch zwei Frauen um die 50 zur Gruppe. Sie hatten ihre Unpünktlichkeit gar nicht bemerkt und grüßten fröhlich in die Runde. Sarahs Gesichtsausdruck veränderte sich von betreten zu verwundert, ihre Augen begannen zu funkeln. Eine der beiden war eine alte Freundin ihrer Mutter; sie hatten einander Jahre nicht gesehen. Sarah zögerte nur kurz und ging dann hinüber zu der Frau. Nach wenigen Minuten dampften beide ab, Helga, wie die Freundin der Mutter hieß, nicht ohne einen lautstarken Kommentar, dass sie Frauenkreise eigentlich sowieso nicht leiden könne. Ich blieb zurück und genoss die Veranstaltung, das gemeinsame Singen und Sprechen.

Am nächsten Tag meldete sich Sarah bei mir und erzählte vom vergangenen Abend. Sie habe stundenlang mit Helga geredet. Das habe ihr so gutgetan wie kaum etwas in den letzten Monaten. Sie sei nun frei für die Geburt ihres dritten Kindes. Helga wäre auch gerne bereit, sie zu unterstützen, wo sie könne. Besonders in der ersten Zeit mit dem Säugling. Es schien, als sei die Last, die der Schwangeren mit diesen Worten von Helga abgenommen wurde, alles gewesen, was es brauchte.

Ich war zu einem letzten Hausbesuch vor der Geburt bei Sarah, da begann jene auch schon und zwar mit voller Wucht. Mit einem lauten Platsch platzte Sarah die Fruchtblase und kaum hatte sie realisiert, dass dies das Startzeichen für die Geburt war, bekam sie auch schon heftige Wehen. Die Wucht zwang die junge Frau in die Knie. Zuerst konnte sie keinen guten Atemrhythmus finden, strengte sich sehr an, um Luft zu bekommen. Ich setzte mich neben sie und es schien mir, sie habe die richtige Position für sich noch nicht gefunden. Daher schlug ich ihr vor, in den Vierfüßlerstand zu wechseln. Dort schaffte es die junge Frau, besser mitzuatmen beim Geburtsvorgang.

Noch immer wirkte sie allerdings sehr verkrampft und wenig bereit, sich zu öffnen. Also begann ich damit, ihren Rücken und die Sitzknochen zu massieren. Immer wieder sagte ich ihr vor, wie sie sich weich machen solle, sich öffnen, um sich der Geburt hinzugeben. Nach einiger Zeit untersuchte ich sie vaginal, der Muttermund war bei etwa drei Zentimetern.

Über die nächsten zwei, drei Stunden änderte sich daran nicht viel, die Geburt kam ins Stocken. Immer wieder versuchte ich, die wehende Frau anzuleiten, andere Positionen einzunehmen, damit sich das Kind in ihrem Bauch besser ins Becken drehen könne. Doch ich hatte das starke Gefühl, die Geburt könne nicht voranschreiten, wenn Sarah nicht bereit dazu wäre loszulassen.

Immer wieder sprach auch ihr Mann Robert seiner Frau liebevoll zu. Sie würden schon bald wieder Eltern werden und wie schön es wäre, das Baby nun kennenzulernen. Die werdende Mutter sagte nichts. Mit scheinbar letzter Kraft krabbelte Sarah aufs Klo und schloss sich darin ein.

Weinend reagierte sie nach ein paar Minuten auf unsere Nachfragen, was denn los sei.

„Ich bin so traurig. Ich kann dieses Kind einfach nicht bekommen in dieser Welt. Wenn ich so traurig bin, da kann ich doch kein Kind hereingebären", sagte die Frau immer wieder.

Davon, die Türe aufzumachen, wollte sie erst gar nichts wissen. Also beratschlagten Robert und ich uns und riefen dann Helga an, die nach 20 Minuten bei uns war. Zu dritt redeten wir auf die junge Frau ein, sprachen ihr gut zu. Doch Sarah weinte immer mehr, schrie und schließlich konnte ich sie nur noch schluchzen hören.

Ratlos saßen wir vor der Tür. Was sollten wir machen? Gar nichts. Denn in so einer Situation kommt das Kind entweder erst einmal nicht auf die Welt oder völlig unproblematisch – und in dem Fall bräuchte sie mich nicht an ihrer Seite. Plötzlich konnte ich die junge Frau gut verstehen in ihrer Verzweiflung. Sie war durch den Tod ihrer Eltern in eine ausweglose Situation geraten, an der sie nichts ändern konnte. In der sie um nichts in der Welt sein wollte. Was für ein schreckliches Gefühl. Gerade wollte ich aufstehen, um noch einmal mit Sarah zu reden. Ihr zu sagen, was für ein Geschenk ein Kind sei, und dass ich ihr gerne helfen wolle als Hebamme und Freundin, ihr die Unterstützung zu verschaffen, die sie brauche, um es aufzuziehen.

Doch ihr Mann Robert war schneller. Zum Glück. Er flüsterte etwas durch die knapp geöffnete Tür und Sarah ließ ihn passieren. 30, 40 Minuten hörten Helga und ich keinen Mucks aus dem Badezimmer. Dann, plötzlich, Sarah, wie sie atmete und dabei immer lauter wurde. Nach einigen Minuten tönte die Schwangere schon tief vor sich hin; durch die Tür leitete ich sie an, ruhig noch tiefer und kräftiger zu atmen.

Weitere 30 Minuten vergingen und ich konnte hören, wie sich die Frau übergab. Volle Wucht. Wunderbar, als Hebamme freute ich mich darüber, denn es zeigte, dass die Geburt in vollem Gange war und der Muttermund etwa acht Zentimeter geöffnet. Kurz darauf konnte ich anhand von Sarahs Atmen ausmachen, wie gut die Geburt voranzuschreiten schien.

Schließlich wurde auch für mich die Türe geöffnet. Helga versicherte mit einigem Abstand, da zu sein, wenn man sie brauche. Sarah hing am Badewannenrand und hatte ein bisschen Blut verloren, wie ich sehen konnte. Doch sie fühlte sich vom Kreislauf her gut, der Blutdruck war stabil und die Herztöne ihres Kindes ebenso. Robert war an ihrer Seite.

Über die nächste halbe Stunde hinweg weinten sie zusammen, lachten, als sie merkten, dass es nicht mehr lange dauern würde, bis ihr Kind geboren werden würde, und konzentrierten sich tief atmend auf die letzten Wehen, die das Kind schließlich aus dem Körper der Frau in die Arme des Mannes pressten.

Plötzlich war da so eine große Ruhe. Sarah, Robert und ihre kleine Tochter auf dem Badezimmerfußboden neben der Waschmaschine. Diese

Stille durchdrang schließlich ein herzzerreißendes Miauen: Franz, der semmelblonde Kater, meldete, dass er bitte gefüttert werden müsse, bevor ein Unglück geschehe. Helga kümmerte sich um den armen Kerl und ich übersiedelte Mutter, Kind und Vater ins Bett. Dort kuschelten sie miteinander und ich besah mir die Geburtsverletzungen der Frau. Sie mussten nicht genäht werden und auch der Blutverlust hielt sich im normalen Rahmen. Ich wies Sarah an, mir Bescheid zu geben, falls sie übermäßig zu bluten anfangen würde. Nach drei Stunden ließ ich die Eltern mit ihrem Neugeborenen allein. Die großen Kinder waren bei Schulfreunden mitgegangen, weil die Geburt so rasch begonnen hatte, und sollten diese Nacht bei ihnen verbringen, weil es mittlerweile schon spät geworden war.

Am nächsten Tag kam ich zum Hausbesuch und fand Sarah und Robert umringt von ihren Kindern im Bett vor. Es war ein lustiger Haufen. Gleich in der Früh hatten es die Eltern nicht mehr ausgehalten und wollten den großen Kindern das Kleine vorstellen. Helga pickte die zwei von ihren Freunden auf und chauffierte sie nach Hause. Als ich begann, Sarah zu untersuchen, ging Robert mit den Kindern ins Wohnzimmer. Von mir aus hätte ich kein Wort mehr über die besonderen Umstände der Geburt verloren. Doch Sarah schien es ein Bedürfnis zu sein. Sie entschuldigte sich und meinte, sie habe sich mir gegenüber unmöglich verhalten.

„Nein, bitte entschuldige dich nicht bei mir", entgegnete ich. „Das Komische ist ja, ich habe nicht gewusst, was ich machen soll, und das kommt wahrlich sonst nie vor", sagte ich zwinkernd. „Was mache ich, wenn du nicht rauskommst? In dieser Situation habe ich plötzlich klar verstanden, wie es dir geht. Dass du wo drinsteckst, wo du ganz und gar nicht hinwolltest."

Sarah nickte und die Tränen flossen aus ihren Augen.

„Wie Robert. Ich habe die Verzweiflung in seinen Augen gesehen, als ich mich eingesperrt hatte. Es ist ja auch sein Kind. Er hat sich solche Sorgen um uns gemacht."

Nie sollte ich erfahren, was Robert zu Sarah genau gesagt hatte. Weshalb sie plötzlich bereit war, das dritte gemeinsame Kind zu bekommen. Loszulassen, zu gebären, zu schöpfen. Sie meinte später, lange Zeit nach der Geburt und in einem anderen Zusammenhang, aber mit einem speziellen Blick: „Ein weiser Mann hat mir einmal gesagt: Manchmal muss man sich für das Leben entscheiden. Ja sagen und dabeibleiben. Was dabei hilft, ist, dass die Liebe doch immer stärker ist als der Tod. Und immer bleibt sie. Auch wenn sonst nichts mehr da ist. Die Liebe, sie bleibt."

NACHWORT

Das kann doch noch nicht alles gewesen sein!

Nun haben wir also ein zweites Buch befüllt mit Geburtsgeschichten aus meinem Hebammenalltag – und ein bisschen Fantasie der fantastischen Judith Leopold.

Wer die Geschichte von Zola aufmerksam gelesen hat, kann es sich bestimmt denken: Für mein Empfinden endet Empowerment und Unterstützung nicht mit der Geburt, sondern geht darüber hinaus. Gerade wegen ihrer Geschichte, die eine von so unfassbar vielen Genitalverstümmelungen behandelt, ist es mir ein besonderes Anliegen, auf Hilfsorganisationen zu verweisen, die sich dafür einsetzen, dass diese Verletzungen für immer verschwinden.

Da es keine Regeln in der Geburtshilfe gibt und jede Frau und jedes Kind anders sind, hört das wahrscheinlich auch nie auf, dass ich mir immer denke: „Oh! Das wär noch eine gute Geschichte für das Buch gewesen!" Aber wer weiß, wie viele noch folgen ...

Es gibt ja immer noch Situationen, die mir das erste Mal begegnen, Situationen, auf die man nirgends vorbereitet wird. Manchmal hab ich das Gefühl, so eine Hebammenausbildung endet nie.

In diesem Sinne: Lebt, lernt, gebärt, ihr Frauen!

Ich freu mich auf euch!

MARGARETE

Das vergangene Jahr durften meine Familie und ich an einem ganz besonderen, magisch-schönen Ort ausklingen lassen. Am 31. Dezember 2019 sah ich unter den Sternen Tschechiens, mit meiner Tochter in einem mit heißem Wasser gefüllten Kessel entspannend, eine Sternschnuppe. Ich wünschte mir und uns allen etwas Bestimmtes und hatte das Gefühl, diesem Glückssymbol in der Silvesternacht zu begegnen, bedeute etwas ganz besonders Gutes.

Doch dann waren die Winterferien wie immer zu schnell zu Ende, Corona kam und die Welt sollte eine andere werden. Eine, in der Händedesinfizieren, Lockdowns, Abstände, Statistiken und Masken eine große Rolle spielen. Eine, in der wir überraschend viel Zeit zusammen zu Hause verbringen sollten. Eine, in der sich nichts planen lassen würde: Ausflüge,

Urlaube, Feiern waren erst einmal für lange abgesagt. Eine, in der viele Bekannte um ihren Job bangten oder neue Wege einschlagen mussten. Eine neue Welt entstand durch ein altes Problem, das uns so gar nicht gefällt. Es lautet: Wir können nicht alles beherrschen und wenn wir uns auf den Kopf stellen. So ‚weit' wir uns als Menschheit auch nach vorne entwickeln, so ‚schnell' unsere Technologien sind, so ‚ausgereift' unsere Forschung. Manchmal taucht er auf, der „Zero-Faktor", diese dritte große Komponente beim Roulette-Spiel zwischen rot und schwarz, und bringt alles durcheinander.

Interessiert, wie es Margarete in dieser Zeit ergangen ist, habe ich immer wieder mit ihr gechattet, sie angerufen und gefragt.

„Wie geht das bei dir so ... mit Corona?"

Mehr oder weniger sei es – einfach wie immer. Halt mit bunter Maske vor Mund und Nase. Die Kinder, sie wollen und müssen, den ältesten Naturgesetzen überhaupt folgend, geboren werden. Alles geht weiter. Das Leben macht keine Pause. Wie sehr sich auch die Welt rundherum verändert. Alles fließt und manchmal gleitet es auch sanft heraus in die Arme einer Hebamme.

Immer wieder habe ich viel darüber nachgedacht, was diese Pandemie für die Kunst bedeutet. Für viele Künstler war leider schnell klar, dass ihre Arbeitsbedingungen dadurch verschärft oder unmöglich würden. Ich habe mich gefragt, ob die Luft im Haydn-Kino auch nach drei, vier fünf Wochen und schließlich vielen Monaten Sperre noch immer köstlich nach Popcorn riecht. Ich habe mit einer Regisseurin geredet, die in der Postproduktion beim Schnitt gemerkt hat, wie sich die Szenen, die vor und nach Corona gedreht worden sind, voneinander unterscheiden. Die Hoffnung bleibt, dass Kunst und Kultur weiterleben.

Dasselbe wie für Margarete galt und gilt für mich: Ich habe trotz allem rundherum und innen drinnen gemacht, was ich machen muss, was mich erfreut und ausbalanciert – ich habe geschrieben. Bald war klar, dass es in den vorliegenden Erzählungen gar nicht so sehr um Corona gehen würde, sondern allgemein um Herausforderungen und wie wir sie annehmen.

Geschichten muss es immer geben, solange es Menschen gibt. Kleine Babys, Kinder, Jugendliche, die sie hören sollen. Alles geht immer weiter. Die Sternschnuppen fallen, auch wenn die Welt eine andere ist.

JUDITH

GLOSSAR

Für alle Nicht-WienerInnen folgt hier eine kurze
Einführung in österreichische Sprach-Spezialitäten.

A bisserle, wengerle mehr – ein bisschen, ein klein wenig mehr.

Amal – ist weniger als zwa Mal. Nämlich nur ein Mal.

Ang'fressen ist man, wenn man sowas von genug hat, bis oben hin voll ist mit negativer Emotion. Daraus resultiert gerne der Grantscherben, ein missmutiger Mensch.

Äutzerl - heißt auch Futzerl oder ein bisschen.

Butzerl/Butzi – kann auch Wutzerl genannt werden, aber nie Futzerl. Sehr wohl aber Baby.

Deppat – gehört zum Wiener Grundwortschatz: Blöd heißt es überall sonst auf der Welt.

Eini – ist hinein und nicht das Gegenteil: aussi – hinaus.

Fad – kann eine Suppe schmecken oder kann es einem sein, nämlich langweilig.

Flascherl – ist die Flasche, aus der das Butzerl trinkt, wenn man ihm nicht den Busen gibt.

Futzerl – bezeichnet ein klitzekleines Ding unbestimmter Art.

Gemma – mit Ausrufezeichen! Wenn's das heißt, muss es so schnell gehen, dass man „gehen wir" gar nicht mehr aussprechen kann.

Gengans – ist kein genmanipuliertes Federvieh, sondern ein Zusammenzug der Worte: „Gehen Sie", was so viel wie eine wienerische Version von „Na, hören Sie mir auf" ist, die ebenso bedeutet, bloß nicht aufhören, na wirklich!

„Gengans, Frau Doktor, des woas I eh. Owa des andere ... mah, schirch, weil schlimm, weil weh! Oarm!" – „Hören Sie, werte Frau Doktorin, das weiß ich schon. Aber das andere, nun, das ist heftig, so schlimm, weil es weh tut. Arm!"

Gnä Frau – tönt es, wenn der Kavalier oder Kellner in Wien eine Frau anspricht, die nicht in Ungnade gefallen, sondern noch gnädig ist.

Goschert – nennt man jemanden, der so richtig frech ist.

Grätzel – ist eine Gegend, in der man wohnt, einkauft, sich auskennt, lebt und liebt. Die Hood – auf Wienerisch.

Gschroppen – ist eine nicht immer ganz freundlich gemeinte Bezeichnung für Kleinkinder.

Gschroppenkriegen – nennt man das Kindergebären.

Gsichterl – das Gschau auf lieb. Das Gesicht eben.

Guad – ned schlecht. Also gut.

Halbnackert – ist nicht pudelnackert, weil das wär ganz nackert, ähm nackt.

Heast – hörst du, wenn ich „Hör mal" meine, also wirklich!

Jackerl – ist's, wenn's so klein, so lieb und eben noch keine Jacke ist.

Jausenpackerl – Na ein Brotzeitbeutel, Mensch!

Kummens eini – Jetzt aber, reinkommen sollen Sie!

Na no na ned – oder jo eh könnte man stattdessen sagen. Oder: Eh klar!

Nusserner – ist Haselnuss- oder Walnussbrand, von klar bis bernsteinfarbig schon gesichtet und verkostet worden.

Oarm – ist nicht der Arm, sondern arm, in diesem Fall bemitleidenswert.

Owa – sagt der Wiener und meint aber. Nicht mit owi zu verwechseln, was runter bedeutet.

Pappn – kann man halten oder eins auf sie kriegen. Gemeint ist die Pappalatur, das Mundwerk.

Papsch – ist ein wienerisches Kosewort für Papa. Nicht zu verwechseln mit dem gleichbedeutenden Papili aus der „Sissi"-Trilogie, deren Hauptdarstellerin wiederum nicht zu verwechseln ist mit der historischen Sisi.

Pickerl – heißt ein Aufkleber. Nicht zu verwechseln mit „jemandem eine pickn", der in diesem Fall eine Watschn, eine Backpfeife bekommt.

Pumpern – kann ein Herz oder die Faust an der Tür, wenn sie daran klopft.

Rumkiefeln – möchte man an manch herzhafter Speise, inbrünstig an etwas rumkauen oder Knochen abnagen. Man kann auch emotional an etwas kiefeln.

Sapperlot! – Ein Ausruf höchst zorniger Verwunderung, historisch meist in patriarchaler Verwendung, oft mit Faustschlag am Tisch gepaart.

Schas/ß – gibt's oft mit Quasteln dran. Dann ist der Schas/ß ein ganz besonderer Blödsinn. Übrigens: Ob es ein Schas ist oder ein Schaß, daran scheiden sich auch die kundigsten Sprachexpertinnen.

Schirch – mag man nicht sein, denn es ist das hässliche, aber manchmal wahre Gegenteil von schön.

Schwarzgallig – ist die Steigerungsform von schwarzem Humor.

Stamperlgläser – sind kleine Gläser für Hochprozentiges.

Vastehst – oder verstehst du es etwa nicht?

Virenbarterl – ist eine aktuelle Zugabe zum Wienerischen Glossar. Gemeint ist die Stoffbedeckung für Mund und Nase zum Schutz vor dem Corona-Virus. Ein Barterl ist normalerweise ein Lätzchen.

Wissen S' – dann wissen Sie es!

Zamreißen – bedeutet wohl das Gegenteil von gehenlassen. Also immer schön ruhig, gefasst bleiben!

edition riedenburg
der Familienverlag

Das komplette Programm:
editionriedenburg.at

Unsere Bücher gibt es überall im (Internet-)Buchhandel

UND FÜR ALLE KINDER UND JUGENDLICHEN GIBT ES DIE

SOWAS!-SACHBUCHREIHE

SOWAS-Buch.de